옥토

폴앤니나 소설 시리즈 006

옥토

규 영
장편소설

✳ 폴앤니나

평창동 꿈집의 산몽가들

*산몽가 = 예지몽을 꾸는 사람

산몽가 **마담**

나이 | 60대 후반
꿈 판매 연차 | 63년
꿈 적중력 | ★★★★★
필살기 | 재물운, 명예운 극대화
주요 고객 | 역대 대통령들,
　　　　　정치인,
　　　　　재벌가 오너

* 마담은 평창동 꿈집의 4대 주인

산몽가 **나비**

나이 | 39세
꿈 판매 연차 | 20년
꿈 적중력 | ★★★★☆
필살기 | 연애운, 결혼운
주요 고객 | 모태솔로들,
　　　　　인연을 꿈꾸는 모든
　　　　　남녀노소

산몽가 **개미**

나이 | 17세
꿈 판매 연차 | 11년
꿈 적중력 | ★★★★★
필살기 | 취업운, 합격운
주요 고객 | 수험생 학부모들,
　　　　　공시생, 고시생,
　　　　　취업 준비생, 이직자

산몽가 **고양이**

나이 | 26세
꿈 판매 연차 | 10년
꿈 적중력 | ★★★★★
필살기 | 흉몽으로 불운 예측
주요 고객 | 리스크가 많은
　　　　　증권가 사람들,
　　　　　국가대표 선수들

산몽가 **옥토**

나이 | 21세
꿈 판매 연차 | 1개월
꿈 적중력 | ?????
필살기 | 치유를 돕는 길몽
주요 고객 | 없음,
　　　　　마담이 채용했으나
　　　　　판매 경험 부족

예
지
몽

조몽 (兆夢)

조짐을 보여주는 꿈.
흔히 말하는 돼지꿈이나
이가 빠지는 꿈이
조몽에 해당되며,
장차 벌어질 일이
상징적인 길조와
흉조로 표현된다.
조몽을 정확히 해석하려면
전문 해몽가의 도움이 필요.

길조몽

보통 길몽이라고 한다. 1, 2개의 길조가 보이면 길몽,
3개 이상의 길조가 어우러지면 대길몽으로 가격 급
등. 평창동 꿈집은 100년 역사를 자랑하는 길몽의 명
가다.

흉조몽

보통 흉몽이라고 한다. 물론 판매되지 않으며, 산몽가
의 흉몽에 고객이 등장할 경우에는 고객에게 알린 후
액막이 길몽을 처방해준다.

잡몽

길조와 흉조가 뒤섞인 꿈, 또는 해석 가치가 없는 꿈.
예지력이나 여복*이 없는 일반인이 주로 꾼다.
(여복 餘福: 남은 복. 여복이 많으면 길몽도 많다)

경몽 (鏡夢)

거울 경 鏡 + 꿈 몽 夢
거울로 훔쳐보듯
미래를 훔쳐보는 꿈.
조몽과 달리 현실적이며
비상시 꾸는 경우가 대부분.
평창동 꿈집에서는
흉몽가 고양이가 간혹 꾸며
전성기의 마담과 비암도 꽜다.

길경몽

앞날의 경사를 '미리 보기'하는 꿈. 길경몽을 꾸는 일
은 드문데, 산몽가들은 이를 '꽃 선물은 등 뒤로 숨겼
다가 주기 때문'이라고 여긴다. 하늘이 기쁜 일을 예
고할 때는 조몽으로 은근하게 포장하여 알려준다는
것.

흉경몽

비극을 미리 보는 꿈, 하늘의 경고. 무의미한 악몽과
헷갈릴 수 있으나 경몽을 꾼 후에는 팔다리의 맥이 풀
리므로 이 후유증으로 경몽 여부를 확인할 수 있다.

예지몽의 명칭 및 분류는 꿈집마다 상이함을 유의하십시오.

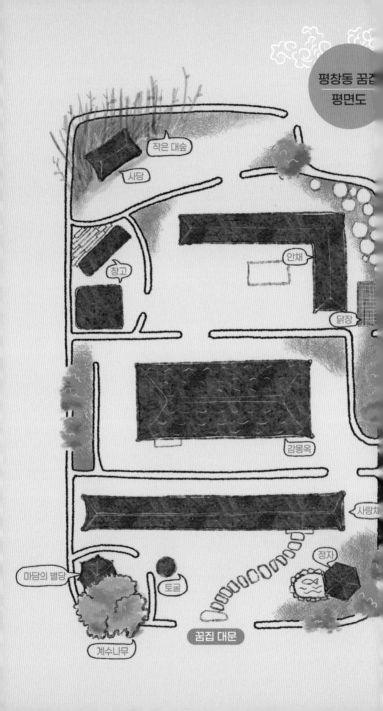

차 례

송달샘,이라는 아이가 있다.

나이는 스물하나. 서울시 종로구 옥인동 환희떡집 넷째 딸로 태어나 사부작사부작 살고 있었다. 목소리가 작고 강단이 부족하며, 공부에 취미가 없어 대학에 가지 않고 부모님의 떡집 일을 도우며 지냈다. 특징으로는 앞니가 크고 머리칼이 풍성하여 똥머리를 하면 탐스러웠다.

무던한 푸성귀라도 썰면 씁쓸한 향을 뿜듯, 달샘에게도 잔향이 흔들리는 마음이라는 게 있었다. 달샘은 탑아이돌 '강륜'의 팬이었는데, 륜처럼 빛날 수는 없더라도 한 번 정도는 누군가 자신을 보아주면 좋겠다고 생각했고, 한편으론 그걸 일찌감치 포기했다. 왜냐면 지난 21년간 그런 일은 일어나지 않았으니까. 누군가가 알아봐주는 것이 애정이라면 달샘의 역사에는 이렇다

할 애정이 없었다.

늘 말을 따갑게 하는 아버지에게 한 번쯤은 떡을 잘 만든다는 얘기를 듣고 싶었다. 그래서 부단히 일했지만 돌아오는 것은 없었다. 어떤 분투는 단념해야 이길 수 있음을 아직은 알지 못했다.

따라서 달샘은 받아들이는 중이었다. 떡집 일도 인정받기 위해서가 아니라 떡을 위해 떡을 빚기로 했다. 사물을 둘러싼 사람들이나 그들의 기분과는 별개로 사물 그 자체에 집중하면 한결 고요해진다는 것을 반죽을 주무르며 체득했다.

작은 어깨로 쌀 포대를 나르고 뜨거운 김을 쐬며 앙금을 찌다 보면, 뼈와 살이 고단한 만큼 잠자리에서의 꿈은 달콤했다. 일하는 시간이 가래떡이라면 꿈나라에 다녀오는 시간은 조청이었달까.

맞다. 이것은 떡집 딸이었다가 하루아침에 꿈집에 스카우트된 송달샘, 즉 산몽가 옥토의 이야기다.

하지만 기대는 마시길. 천성이 어디 가겠는가. 꿈집에서 기꺼이 모셔간 인재임에도 얕잡혀서 이리저리 치이기만 하는데.

고로 이 책은 치여본 무명의 님들에게 바친다. 밤마

다 몸은 침대에 뉘어도 마음은 둘 곳이 없어 쉬이 잠들기 어려운 이들에게.

우선 달샘을 알아봐준 평창동 꿈집부터 소개하겠다.

1부

01

20세기 초에 한 사내가 있었다.

그가 가장 좋아하고 잘하는 일은 포근한 보료에 누워서 솜이불을 덮고, 신생아처럼 오래 자며 선명한 꿈을 꾸는 일이었다. 사내보다 네 살 위인 그의 아내는 남편을 귀여워했다. 그래서 남편의 단잠을 방해하지 않고 주로 원서동에서 시간을 보냈다. 당시 조선왕조가 무너지는 바람에 궁에서 나온 수라간 나인들이 서울 원서동에 모여 살았는데, 사내의 아내는 그들에게 떡 만드는 기술을 배웠다.

몇 년 후 꿈 많은 사내와 그의 아내는 수성동 계곡 앞, 즉 지금의 종로구 옥인동에 작은 떡집을 열었다. 가장 잘 팔렸던 것은 쑥절편으로, 남편이 꿈에서 본 거북이나 연꽃을 나무에 조각하여 긴 떡살을 만들면 아내가 그걸로 반죽을 눌러 먹음직스러운 절편을 완성했다.

하루는 단골 아낙이 고사떡을 맞추러 왔다. 떡살을

깎던 떡집 사내가 아는 체했다.

"또 시달렸소?"

"아휴, 말도 마오."

아낙에게는 딸만 여섯이 있었는데, 장손을 보지 못해 속 시원히 죽지도 못하겠다는 시조부의 등쌀에 또다시 임신을 준비하던 차였다. 이틀 뒤 떡을 찾으러 온 아낙에게 떡집 사내가 말을 걸었다.

"이보, 내가 간밤에 태몽 같은 걸 꿨는데 사볼라오?"

"태몽? 용꿈이라도 꿨소?"

"내용을 말하면 쓰나. 꿈 기운이 새면 어쩌려고."

"그럼 듣도 못한 남의 꿈을 어찌 믿고 사겠수?"

떡집 사내가 기다란 쑥절편을 흔들었다.

"요 떡을 걸고 맹세하지. 기막힌 꿈이었다니까?"

아낙은 떡을 오물거리며 의심의 눈초리를 보냈다.

"허구한 날 고사떡 맞추러 오는 게 딱해 그러지. 아들 보내달라고 그리 비는 댁에서 길몽이 왜 아니 필요하겠소? 어떻게, 내 꿈 살 테요, 말 테요? 싫음 딴 집에 팔고."

그날 떡집 사내는 장가를 들고 처음으로 아내의 손을 빌리지 않은 밥벌이를 했다. 직접 벌어보니, 그 맛이 좋았다.

이듬해 단골 아낙은 바라고 바라던 아들을 순산했다. 그러자 옥인동 떡집은 떡집보다 꿈집으로 입소문을 타게 되었다. 떡과 꿈을 함께 판매하자 수입이 늘었고, 부부의 금실도 좋아져 떡집 여자도 임신을 했더랬다.

그런데 이러한 떡집 부부를 시샘하는 자가 있었으니, 근처 고깃간 주인이었다.

고깃간 사내와 떡집 사내는 죽마고우였지만 떡집 여자를 놓고 경쟁하다 떡집 사내가 채간 뒤로 앙숙이 된 터였다. 샘이 많은 고깃간 사내는 떡집 부부가 결혼하자 홧김에 낯선 여자에게 장가들더니, 떡집 부부의 임신 소식을 듣고는 자기도 집에 가서 밤일을 치렀다. 떡집 여자와 고깃간 여자의 배가 나란히 부풀어 올랐다.

떡집 사내의 꿈 장사는 나날이 흥했다. 새 길몽을 꾸거든 자기에게 팔라고 예약하러 온 손님들이 줄까지 늘어서자 고깃간 사내는 부아가 났다. 그는 국밥집에 주려던 돼지 피를, 꿈을 사러 온 손님들에게 일부러 엎었다.

"아니, 저놈이 또!"

바짓단이 벌겋게 젖은 손님들 앞에서 떡집 사내와 고깃간 사내가 멱살을 잡았다. 곧 자식도 볼 놈이 왜 그러고 사냐고 다투다가, 떡집 사내가 해서는 안 될 말을 뱉고 말았다.

"야, 니 마누라 배 속 아들이 네놈 씨앗이 아니라 천만다행이지. 하늘 아래 너 같은 놈이 둘이면 쓰것냐?"

사실 떡집 사내는 꽃이나 영물이 보이는 상징적인 길몽만 꾸는 사람이 아니었다. 마치 거울로 훔쳐보듯 미래의 한 장면을 생생히 목격하는 꿈, 즉 경몽鏡夢도 꾸는 자였다.

얼마 후 태어날 고깃간 아기의 얼굴이 고깃간 사내가 아니라 포목점 사내와 판박이임을, 그는 경몽으로 이미 본 것이었다. 천기누설이었다. 고깃간 사내가 떡집 사내를 패대기쳤다.

그날 밤 고깃간에서 도마 소리가 요란했다. 고깃간 사내는 칼로 돼지껍질을 다지며 울분을 삭였다. 낮의 일을 모르는 고깃간 여자는 창백한 신랑을 보고서 어디가 아픈가 걱정했다. 칼질이 사나워 다가가지는 못하고 조금 떨어져서 자기의 불뚝한 배를 만졌는데, 순간 고깃간 사내가 울컥했다. 어느 놈 씨앗이길래 애지중지하나 의심스러워져 난생처음으로 소나 돼지가 아닌 사람의 배때기를 푹 찔렀다.

"엄마야!"

피와 눈물을 뿌리며 고깃간 여자가 달아났다. 고깃간 사내도 엉엉 울며 동이 트기 전 마을을 떠났다.

그날 밤, 떡집 사내의 꿈에 고깃간 사내가 나타났다. 그는 피 묻은 칼을 들고 말했다.

곤히도 자는구나.

좋겠다, 네놈은.

우리 마누라 뱃속도 훤히 보고

꿈으로 이웃들 인심 사며 돈까지 만지니 참말 좋겠다.

나는 우리 마누라 속도 모르고

남들 소원 들어줄 재간도 없으니 깜냥에 맞춰 이리하련다.

내 너를 오래도록 미워하고 저주하리라.

너의 자손도 널 닮아 꿈을 잘 꿀지언정

내 저주를 피해가진 못할 게야.

들어라! 올해의 마지막 그믐달이 뜨는 밤,

너는 돼지의 아비가 되리.

네 아이가

내가 살을 가르고 피를 뽑아낸 돼지 새끼를 쏙 빼닮을 테니.

돼지는 장차 물고기의 아비가 되리.

돼지가 낳을 아이가

저 앞 어물전에서 메말라가는 조기 새끼를 쏙 빼닮을 테니.

물고기는 장차 나무의 아비가 되리.

물고기가 낳을 아이가

네놈이 떡살 깎으려 동강낸 계수나무를 쏙 빼닮을 테니.

못 먹고 못 배운 나란 작자도

볍씨만 한 양심이란 물건은 뱃속에 지니고 났지.

하니 나무까지만 미워하련다.

먼 훗날 그믐이 만월로 차오르고

네 아이의 아이의 아이인 나무가 쓰러질 즈음

지금 네가 누운 이 땅에서

묘령의 솜뭉치가 피어나 네 뒤를 이을 터인데,

거기까지 핍박하지는 않으련다.

단, 솜뭉치를 가벼이 여기지 말지어다.

솜뭉치에게 허투루 손 뻗다간 매서운 동티가 날 터이니.

특히 네 아이의 아이의 아이인 나무는

솜뭉치로 인해 큰 고통을 맛보리라.

내가 너로 인해 피눈물을 삼킨 만큼

네 후손인 나무 아이가 솜뭉치로 인해 피눈물을 삼키는 밤!

너희 일가가 내 저주에서 해방될 터.

하여 그날로부터는 솜뭉치가

너희의 가업을 이어 세상을 이롭게 하리라.

　그해 겨울, 떡집 부부의 아들이 태어났다. 아들은 돼지처럼 통통하지 않았으며 들창코도 아니었다. 다만 손발이 돼지처럼 두 쪽으로 갈라진 불구였다. 발바닥이 편평하지 않아 두 발로 걷기 어려운 떡집 아들은 평생 네발로 기어다니며 제 아비처럼 화려한 꿈을 꿨다.

　떡집 부부는 고깃간 사내의 저주를 떨치기 위해 거처를 자주 옮겼다. 그러다 평창동 복숭아밭 끝자락에 오두막을 짓고 떡과 꿈을 팔았는데, 부부가 일하는 동안 돼지 같은 아들은 한글을 떼기도 전에 여자에 눈을 떴다. 치마 입은 손님만 보면 침을 흘리며 기어나왔던 것이다. 자라서 거웃이 무성해질 무렵에는 수시로 발정이 났다. 아들이 함부로 씨를 뿌리고 돌아다니다가 물고기를 만들까 봐 노심초사하던 부부는 마당에 지름 1.5m,

깊이 4m의 깊숙한 토굴을 파고 아들을 밀어넣었다. 그러나 순순히 물러날 돼지가 아니었다. 돼지는 욕정을 동력 삼아 손가락 발가락도 없는 사지로 흙벽을 기어올라와선 기어코 사고를 쳤다.

돼지와 돼지의 신부가 낳은 아들은 물고기처럼 아가미로 숨 쉬지 않았으며 꼬리를 파닥이지도 않았다. 다만 물고기처럼 먹먹한 농아였다. 일생을 목소리 없이 살아야 하는.

잠시나마 토굴에 갇혀 산 기억이 끔찍했던 돼지는 물고기를 방임하였다. 천성이 점잖은 물고기는 자유로운 몸으로도 제 아비보다 오래 참았지만, 스무 살이 되던 해에는 인내심이 바닥났는지 심해처럼 어두운 밤을 틈타 신음 한 번 내지 않고 빼꼼대며 사고를 쳤다.

물고기와 물고기의 신부가 낳은 딸은 나무처럼 머리칼이 푸르르지 않았으며 살결이 목피처럼 거칠지도 않았다. 다만 입 큰 거인이 반만 먹다가 버린 듯 두 다리가 없었다. 국부 아래로 몸이 끊긴 좌객坐客이라, 나무둥치처럼 움직이질 못했다.

돼지와 물고기와 나무 아이는 떡집 사내의 후예답게 밤마다 다채로운 꿈을 꿨다. 길조를 비치는 길몽. 흉조를 비치는 흉몽. 미래의 일부를 생생히 엿보는 경몽까지.

꿈으로 찬란한 밤과 달리 그들의 낮은 비참했다. 이웃들이 삐꾸非俱라고 돌을 던져서 떡집 부부는 악착같이 번 돈으로 집 주위에 담부터 둘렀다. 그런데 돌담이 높아지고 대문이 번듯해지자 이웃들이 돌을 내려놓고 허리를 굽히며 곡식을 빌려 오기 시작했다. 어느새 노인이 된 떡집 사내는 이거구나, 쩐만이 살길임을 깨달았다.

그때부터였다.

떡집 사내는 길몽의 가격을 대폭 높이고 꾸는 족족 부잣집에 납품했다. 버는 대로 땅을 사들여 업장을 증축했으며, 돼지와 물고기와 나무 아이도 힘을 보탰다. 새 길몽이 나오면 지붕에 암적색 깃발을 꽂아 널리 알렸다. 꿈 하나에 여러 손님이 몰리면 경매에 부쳤다. 떡장사보다는 부르는 게 값인 꿈 장사에 기운을 쏟았으며, 떡은 꿈을 산 손님들에게 주는 덤으로 써먹었다.

4대가 합심해 돈을 쓸어모았다. 이 기이한 일가족을 보고 나도 꿈을 팔겠다며 나서는 이들이 생겨났다. 시장에서 소소한 길몽을 파는 아류들은 '꿈쟁이'로 불리다가, 원조 평창동 꿈집의 3대 주인이 된 물고기의 제안으로 1950년대부터는 매몽업에 종사하는 모두가 '산몽가産夢家'라는 정식 직함을 사용하기 시작했다.

저주의 끝물 나무 아이는 매몽업계의 거물이 되었다. 그녀의 길몽은 잘 듣는 소화제처럼 막힌 운을 뻥 뚫어주는 데다가 소원성취 효과도 탁월하여 정치인, 기업 총수들에게 인기 만점이었다. 꿈집 직원들과 손님들은 나무 아이가 평창동 꿈집의 4대 주인으로 등극한 날부터 '마담'이라 칭하며 최고의 산몽가로 모셨다. 마담이 노인이 되도록 그녀의 꿈을 얻으려는 발길이 끊이지 않았다.

일흔을 바라보는 가을날, 마담은 커다란 숨비소리를 내며 잠에서 깼다. 작년부터 기력이 쇠하더니 올해는 암만 자도 꿈이 보이질 않았다. 그런데 이날은 눈을 떠도 깜깜했다. 불을 켜도 소용없었다.

"고장 났군."

갑작스러운 실명에 마담은 놀라지 않았다. 산몽가들은 낮이면 손님을 받고 밤이면 꿈의 환시를 살피느라 24시간 눈을 뜬 기분으로 살았다. 눈병은 예삿일이었다.

마담은 발처럼 두툼한 두 손으로 바닥을 짚으며 창가로 다가갔다. 다리가 없지만 늘 한복을 긴 치마까지 갖

춰 입었는데, 소복 치마가 몸에 휘감겨 와락 넘어졌다.
마담은 얼얼한 코를 문지르고, 몸을 세워 창을 열었다.
공기가 촉촉한 걸 보니 아직 새벽 같았다.

　먼 훗날 그믐이 만월로 차오르고
　네 아이의 아이의 아이인 나무가 쓰러질 즈음
　지금 네가 누운 이 땅에서
　묘령의 솜뭉치가 피어나 네 뒤를 이을 터인데……

　구전으로 들은 옛 예언을 읊으며 보이지 않는 달에게
빌었다. 저주의 꼬리로 사는 비루한 생을 이만 끊어주
소서.

　그 시간 마담의 증조부가 최초로 꿈을 팔았던 옥인동
의 옛 떡집 터에서도 한 여자아이가 달을 보며 중얼거
렸다.
　"우리 륜이 푹 자게 해주세요."
　바로 송달샘이었다. 달샘이 말하는 '륜'은 아이돌 강
륜으로, 네이버 연예 뉴스에서 강륜의 불면증 소식을
접한 후 팬으로서 그의 안녕을 빌고 있었다.

02

옥상에서 달을 보던 달샘은 지하로 내려가 할머니 곁에 누웠다. 그리고 무릉도원 꿈을 꿨다.

달샘은 동백꽃잎처럼 화사한 새 한복을 입고 천도복숭아 숲을 거닐었다. 저기 뭉게구름 위에서 할아버지가 손짓했는데, 구슬 달린 모자와 흰 수염으로 보아 옥황상제 같았다. 그는 소매에서 뽀얀 백도를 꺼내 달샘에게 하사했다. 수박보다도 큰 백도는 어린 아가의 볼록한 뺨처럼 단내를 뿜었다. 달샘은 열매가 멍들지 않게 조심히 안았다. 곧 빨간 나비와 파란 나비가 달샘의 양어깨에 내려앉았다. 상쾌한 꿈이었다.

달샘은 반짝 눈을 떴다.

"호호."

엎드려 공책을 펼치고 꿈 일기를 끼적였다.

맥주와 휴대폰, 이불만 있으면 달샘은 삶에 불만이 없었다. 그래서 그것들을 안락하게 누릴 수 있는 집에 붙어 하루하루를 비슷하게 살아갔다. 그날그날의 차이라고는 밤에 꾸는 꿈들뿐이었는데, 대체로 휘황찬란해서 아침마다 적어두곤 했다.

"뭉치, 솜뭉치!"

위에서 엄마가 불렀다. 여기 지하는 가족끼리 먹고 자는 살림집이고 위의 1층은 부모님의 떡집이었다. 올라가 보니 엄마가 샛노란 복떡이 수북이 담긴 광주리를 내밀었다. 복떡은 환희떡집의 시그니처로, 보름달처럼 복스럽게 생겨 복떡이었다.

"가자. 작별의 떡 돌리러."

"나도? 난 안 떠나잖아요."

"엄마 팔 떨어질라, 퍼뜩!"

달샘은 긴 머리를 질끈 묶고 광주리를 들었다. 이웃에 떡을 나눠주고, 부모님과 근처 치킨집으로 향했다. 키가 껑충한 치킨집 아들 성우가 골목에 구부정하게 서서 컵 떡볶이를 먹고 있었다. 가게에 들어서자 닭을 튀기던 구사장이 반겨주었다.

"어서 오시게! 뭉치도 왔니?"

몸집이 작고, 뺨에 젖살이 통통하며 살결이 목화솜처럼 뽀얀 달샘을 동네 이웃들은 '솜뭉치'라는 별명으로 불렀다.

달샘의 아버지가 치킨집 손님들의 테이블에도 떡을 척척 올려두었다.

"우리 환희가 제주에서 사업을 시작했거든요. 나도 따라갈랍니다, 하하."

금쪽같은 막내아들 환희를 따라 부모님은 주말에 제주로 이사할 예정이었다. 손님들이 이제 복떡을 못 먹겠다며 아쉬워하자 아버지가 달샘을 가리켰다.

"쟤가 떡집 물려받겠대요. 반죽이나 잘할랑가 모르것지만."

"아유, 제 반죽이야 기가 맥히죠."

달샘이 나직이 능청 떨자 치킨집 구사장이 웃었다.

"콩만 하던 게 커서 가업도 잇고."

"형님, 콩이 커 봤자 콩이죠."

아버지는 정색했다.

"콩은 꼬숩기라도 하지 저건 맹추예요. 웬일로 조르길래 허락은 했지만 석 달이나 갈까 몰라."

"석 달은 갑니다, 아부지."

"시끄러. 집안 망신이나 시키지 마라."

밖에서 치킨집 아들 성우가 손짓했다. 달샘이 나가자

그는 컵 떡볶이를 입에 털며 말했다.

"아버지께 또 군소리 듣길래, 꺼내주려고."

달샘은 성우를 따라 어슬렁거렸다. 빼빼 마른 그는 후줄근한 회색 후드티를 즐겨 입었다.

"쌤, 그게 점심인가요?"

"그렇지. 아점이지."

"저랑 또 드실래요? 궁중떡볶이 해드릴게요."

성우가 힐긋 돌아보았다.

"쌤 그거 좋아하시잖아요. 근데 파는 데가 없어서 빨간 떡볶이 드시는 거죠?"

달샘과 성우가 환희떡집 옥상에 올라가자 달샘의 할머니가 하품하며 기다리고 있었다. 달샘은 버너에 불고기와 떡을 볶았다. 누구의 관심도 받지 않고 앞날에 대한 기대도 없는 세 사람은 파란 하늘을 보며 궁중떡볶이에 맥주를 들이켰다.

환희 이야기가 나왔다. 제주를 좋아하는 환희가 아는 형님들과 애월에 게스트하우스를 열었으니 잘된 일이었다.

"솔직히 나는 좀 허무하다만."

성우가 말했다. 재작년에 환희가 수능을 보기 전까지 꼬박 6년 동안 환희의 과외 선생이었으니 그럴 만했다. 꺼벙한 외모와 달리 성우는 서울대 건축학과와 동 대학원을 수석으로 졸업한 수재였다. 과외 경력이 화려했으며 그 벌이로 영국 유학까지 갈 수 있었다. 비록 1년 만에 포기하고 돌아왔지만.

어쨌거나 저쨌거나, 남녀 쌍둥이인 달샘과 환희는 나란히 대학 진학에 실패했다. 그래도 달샘은 떡 장사를 도왔고 환희는 온갖 알바를 섭렵하며 씩씩하게 자립했다. 백수가 된 쪽은 도리어 성우였다.

"할머니도 제주에 가셔?"

"저랑 여기 남으신대요."

"떡집도 물려받고 할머니도 모시고. 멋지다, 달샘."

"별로요. 부모님처럼 복떡을 매일 천 개씩 만들 자신은 없어요. 그냥 손님 땜에 남는 거예요. 우리 복떡 먹으면 대학 잘 간다는 소문이 있잖아요. 그래서 수험생 하나가 아침마다 꼭꼭 먹고 가요. 떡집 딸인 내가 대학에 떨어진 걸 보고도 그러는데, 그 애의 루틴을 깰 수가 없네요."

달샘은 새 맥주를 땄다.

"쌤, 강륜 아세요?"

"가수?"

"맞아요. 제가 강륜 팬인데 실은 그 학생이 강륜 닮았어요."

"연하에 꽂혔구만."

"흐흐, 이름도 모르지만요. 저 혼자 아기새라고 불러요. 입술이 새 부리 같거든요."

이튿날 달샘은 새벽 2시에 일어났다. 부모님은 벌써 작업 중이었다. 뜨거운 찹쌀밥을 반죽기에 쏟고 단호박으로 앙금을 쪘다.

병아리처럼 노란 복떡을 넉넉히 만든 후 부모님은 지하에 내려갔다. 달샘은 카랑카랑한 가을 아침 공기를 마시며 가게 앞을 비질했다. 환희떡집은 백설기처럼 납작한 단층 건물에 녹색 차양막이 달려있었다. 골목으로 난 유리창을 활짝 열어두고 창턱에 떡들을 진열했다.

7시 30분, 아기새가 날아왔다.

"누나, 굿모닝!"

"안녕, 오늘은 어떻게 줄까요?"

"살짝 구워주세요."

달샘은 아기새에게 향긋한 커피를 내려주고 화로에 떡을 올렸다. 아기새가 재잘댔다.

"대박, 수능 3주밖에 안 남았어요. 조만간 넷플릭스를 실컷 볼 수 있단 얘기죠. 저 크리스마스엔 한강 크루즈도 예약하려고요. 유튜브로 봤는데, 배에서 불꽃놀이를 볼 수 있대요. 누난 올겨울에 계획 있어요?"

"음, 나는 강륜 콘서트에 가고 싶어요."

"아이돌 강륜? 으익, 개 오글거리던데."

달샘은 후후 웃었다.

03

　아침 햇살에 평창동 꿈집 마담의 눈이 가늘어졌다. 전날까지 깜깜하던 눈이 반쯤 나아, 수트를 입은 고실장이 흐리게나마 보였다. 마담보다 아홉 살 아래인 고실장은 평창동 꿈집의 수석 해몽가이자 영업과 회계를 총괄하며, 마담을 보좌하는 비서이기도 했다. 한마디로 그가 없으면 꿈집이 굴러가지 않았다.

　오늘은 마담의 아버지이자 고실장의 스승인, 물고기의 기일이었다. 마담은 옥색 한복을 입고 고실장에게 업힌 채 선산에 올랐다. 봉분 앞에서 마담이 두 손을 포갰다. 고실장은 절을 올린 뒤 마담 대신 젯술을 따랐다. 청명한 하늘 아래로 풀벌레 소리가 띄엄띄엄 들렸다.

　물고기는 생전에 외동딸인 마담을 매우 아꼈었다. 그래서 온실 속 화초처럼 과보호했지만, 한편으로는 꿈집에서만 살아가는 딸의 팔자를 가슴 아파했다. 죽음 앞에서는 더 품어주지 못한 것보다 자유를 주지 못한 게 마음에 길렸는지, 1년에 하루라도 나를 보러 밖으로 나오라고, 꿈집의 사당 대신 선산의 산소에서 젯밥을 먹겠다는 유언을 남겼다.

그렇게 땅에 묻힌 물고기는, 여전히 독특한 산몽가로 기억되고 있었다. 꿈자리가 어지러워질까 봐 술을 멀리하는 다른 산몽가들과 달리 술자리를 즐겼으며, 목소리를 내지 못함에도 불구하고 사교적이었다. 꿈으로 나라의 중대사를 자주 본 덕분에 고위공무원들과도 가까웠다. 1966년 봄에는 물고기가 신라 시대 석공들과 잔치하는 꿈을 꾼 뒤 문화재관리국에 찾아간 적이 있었다. 물고기는 신라의 석탑들을 점검해 보라고, 개중 하나가 보물을 품은 듯하다고 귀띔했지만 관리국장이 건성으로 넘겨버렸다. 그해 가을, 불국사 석가탑에서 무구정광대다라니경이 발견되자 관리국이 발칵 뒤집힌 것은 물론이었다. 물고기는 '거봐'하며 삐끔삐끔 웃었고, 이런 일이 거듭되자 꿈집에는 정재계 손님이 점점 늘어났다. 재계와 얽힌 화류계, 연예계 고객도 늘었다. 그러나 한창 바빴던 전성기에도 물고기는 밖으로만 돌지 않고 딸인 마담과 제자인 고실장에게 꿈의 세계를 살뜰히 가르쳐주었다. 마담은 단풍으로 물든 선산을 둘러보며 고실장에게 말했다.

"나 가거든 이 근방에 묻어주게. 하루아침에 눈이 멀어보니 목숨도 다를 바 없을 듯하이."

"마담, 오늘은 한결 나아지셨잖습니까. 그리고 아직 아무도 모릅니다. 염려 마세요."

"자네가 알지. 내 눈이 고장 난 것도, 내 꿈이 끊긴 것도."

"마담을 모신 세월만 50년입니다. 모르면 안 되지요."

고실장이 잔을 건넸다. 두 사람은 조용히 음복했다.

마담은 때가 되었다고 판단했다. 총기가 떨어지기 전 꿈집을 닫기 위해 작년부터 산몽가의 9할을 내보내고 핵심 인력만 남겼는데, 손님이 계속 늘어 난감했다. 지난봄부터는 마담의 꿈을 팔지 않았더니 최상급 길몽을 아낀다는 단골들의 원성이 자자했다. 이럴 때 마담의 예지몽이 단종되었다는 빅뉴스가 새어나가면 얼마 안 남은 직원들의 경력에 해가 될 것 같았다.

"고실장, 더는 뜸들이지 말고 시키는 대로 하게. 내년 봄까지 모든 산몽가를 다른 꿈집에 보내고 자네도 그만 나가. 마무리는 내가 할 테니."

순간 고실장의 실루엣이 흔들렸다.

"때로는 꿈길이 막히는 게 정상입니다. 마담, 제가 돕겠습니다. 분녕 나아지실 거예요."

"예지몽 하나 못 꾸는 자네가 어찌 장담하지? 눈이 밝아지고 꿈길이 트인들 꿈집이 영원할 수는 없네."

"피땀으로 일군 가업입니다."

"그게 어디 자네 피땀인가? 후임이 없는 걸 어쩌겠소?"

"임시 후계자라도 고려해주십시오. 아직 꿈집이 필요한 이들이 많습니다."

"후계자라니. 자네 설마 고양이를 말하는 겐가?"

"그도 나쁘진 않겠지요. 영리한 아이니까요. 행여 고양이의 앞날이 걸리신다면……"

"고양이는 액운을 막는 문지기일세. 문지기를 주인으로 앉히는 게 자네가 말하는 전통인가? 월권 말게."

마담이 혀를 찼다. 고실장은 허리를 수그려 가위를 집었다. 그리고 묏등의 잡초를 잘랐다.

"마담께서도 기억하실 테지요. 선대에서 내려오는 옥인동 예언 말입니다."

"솜뭉치? 그 고담을 여태 믿었소?"

"저는 마담께서도 믿으셨을 줄로 압니다만."

가윗날이 햇살을 튕겼다. 고실장은 신중히 입을 뗐다.

"마담의 증조부께서는 옥인동 계곡 앞에서 떡을 파

셨다지요. 그 집터는 철물점으로, 만물상으로, 세탁소로 탈바꿈하다 20년 전부터 다시 떡집이 되었습니다. 거기 선 복떡이라는 걸 파는데, 청와대가 국가 장학생들에게 그 떡을 보낸 게 알려지며 장사가 잘된 모양입니다. 그 집 막내딸 별명이…… 솜뭉치라는군요."

마담의 귓불이 꿈틀거렸다.

"자네."

"알고 있습니다. 솜뭉치를 잘못 건들면 동티가 난다 지요. 예언대로라면 솜뭉치가 마담께 고통을 드릴 것도 압니다. 하지만 그래서 더욱 파악해야 했습니다. 위험 한 존재라면 사전에 대비해야 하니까요. 제가 찾아갔으 니 동티가 나더라도 제게 나겠지요. 좌우간…… 솜뭉치 의 근황은 저도 모릅니다. 수년 전 멀리서 바라만 보았 고, 동네 상인들이 들려준 정보를 모았을 따름입니다."

기 센 재벌가 사모들에게 수십 년간 꿈을 팔아온 고 실장은 달변가였다. 그가 미끈하게 혀를 놀리자 마담은 기분이 비릿해졌다.

"해몽가로서 감히 옛 예언을 해석해보자면, 솜뭉치는 입에 쓴 약일 수도 있습니다. 우리 꿈집의 슬픈 과거를 청산하고 가업을 이어줄 인물이지만, 그 과정이 쓰라릴 수 있겠지요. 다만 제가 봤던 그 아이가 정녕 솜뭉치라면…… 심려 마십시오. 마담께 고통을 드리기엔 너무 어리고 무른 아이니까요. 꿈집 내부에서 후계자를 찾을 수 없다면, 그 아이를 데려와 살펴보면 어떠실까요? 이대로 꿈집이 스러지는 걸 바라만 보기에는……"

"고실장."

마담이 일침을 가하려는 찰나, 솔숲에서 흘러나온 바람이 대화를 흩뜨렸다. 바람이 지나간 후, 마담은 손을 내밀었다.

"가위를 이리 주게."

고실장의 체온이 묻은 가위로 마담은 자신의 검지 살점을 또각 잘라냈다. 공기에 닿은 속살이 아렸다. 가죽은 늙어도 핏방울은 빨갛고 싱싱했다. 그 손가락으로 고실장을 가리키자, 피 공포증이 있는 그는 얼어붙었다.

"예언대로라면 솜뭉치는 나를 피눈물 흘리게 하겠지. 자네 눈물이 아니라고 개의치 않는 게로군."

"마담의 피눈물이 꿈집의 피눈물이요, 제 피눈물입니다."

마담은 실소했다.

"피라면 질색하는 자네가 피눈물씩이나?"

고실장은 한쪽 무릎을 꿇었다. 휠체어에 앉은 마담보다 키를 낮추고 고개 숙였다.

"꿈집이 저주를 떨치고 번창하길 바랄 뿐입니다. 시험 삼아서라도…… 그 아이가 후계자감인지 검토하고 교육할 기회를 주십시오. 행여 그 아이가 마담께 누를 끼친다면 제가 용서하지 않을 겁니다."

"더불어 자네 자신도 용서치 말아야 할 걸세."

"여지를 주시는 겁니까?"

마담은 한숨을 쉬며 내려놓듯 말했다.

"정 그렇다면."

마담은 일을 벌이려거든 입동 전에 그 아이를 데려오라 했다.

"봄에 꿈집을 정리할 마음은 변함없네. 올해 그 아이가 남다른 능력을 보이지 않으면 바로 내보낼 테니 그리 알게."

고실장이 내민 손수건으로 마담은 검지를 감쌌다.

내색하지 않았지만, 세상에서 솜뭉치가 가장 궁금한 사람은 마담이었다. 100년 전부터 점지된 최후의 해결사를 떠올리면 막연히 거북하면서도 호기심이 일었다. 몸에서 종양을 발견한 환자처럼, 언짢지만 병명부터 확인하고픈 마음과 비슷했다.

평창동으로 돌아가는 차 안에서 고실장의 휴대폰이 울렸다. 그가 받지 않자 마담은 처의 안부를 물었다.

고실장은 자정 넘어 퇴근했다. 부암동 저택에 들어서자 숨통이 조였다. 아내의 침실에서 풍기는 싸한 소독약 냄새. 아내 민수연은 키스를 기다리는 여왕처럼 흰 붕대를 감은 손을 내민 채 수액을 맞는 중이었다. 장모가 오열했다. 장인은 핏발 선 눈으로 고실장을 쏘아보다 주먹을 날렸다. 나이 차이도 얼마 안 나는 인간이었다. 고실장은 당장 집에서 달아났다. 핸들을 잡고 질주하다 정신을 차려보니 다시 꿈집 앞이었다. 고실장은 대문을 노려보았다. 꿈집에서 나올 순 있어도 잠긴 문을 열고 들어갈 수는 없었다. 주인이 아니기에.

벌 받는 아이처럼 돌담에 기댔다. 당최 뭘 잘못했기에 환갑이 되도록 마음 쉴 곳이 없나 서러웠다. 태생이 겁쟁이라 평생 몸을 사리며 살아왔다. 그래서 얻은 게 뭐란 말인가? 내 식구의 혼이 깃든 꿈집에 들어가지도 못하다니. 이대로 내쳐질 순 없다고 스스로를 다그치며 이를 악물었다.

04

제주살이를 앞둔 달샘의 부모님은 몹시 들떴다. 저녁 비행기를 타고 떠나야 하는 출발일에도 낮에 이웃들을 불러 만찬을 즐겼다. 떡집 옥상에서 돼지를 잡다시피 삼겹살을 구웠고, 달샘은 술을 사러 마트에 오가다가 두둠칫 놀랐다. 집 앞에 꽃미남 노신사가 서 있었으니까. 모델처럼 훤칠한 키에 귀족적인 이목구비, 중절모에 수트를 입은 그는 꼭 데이비드 보위 같았다. 머리칼은 차가운 은빛, 손가락은 길쭉, 게다가 체취마저 향기로웠다. 어째서인지 달샘을 뚫어져라 보는 노신사 곁을 지나면서, 달샘은 모닥불에 흰 꽃을 태우는 듯한 오묘한 향을 느꼈다. 그때,

"야, 솜뭉치!"

나지막한 옥상에서 아버지가 불렀다. 마른오징어도 사오라며 돈을 던졌는데, 노신사는 이 부녀를 날카롭게 주시했다.

옥상에서는 동네 아저씨들끼리 화기애애했다.

"에잉, 환희네 가고 이 골목 상권 또 죽으면 우짜지?"

지물포 사장이 달샘의 아버지에게 앵겼다. 사실 달샘네가 오기 전까지 이 건물에서 1년을 넘긴 사람이 없었다. 작은 가게를 열려고 싼 맛에 들어왔던 입주자들은 밤에 우는 소리가 들린다며 방을 뺐다. 집값이 바닥을 찍을 무렵 달샘네가 들어왔고 이들은 20년이나 수더분하게 잘살았다. 건물주는 음기를 닦아줘서 고맙다며 월세를 동결했고, 아버지는 이게 다 환희 덕이라 믿었다.

"집사람이 환희 뱄을 때 이사 왔잖아. 소문이 험해서 쫄았는데, 우린 여기서 잘 풀렸다니까? 우리 환희 양기가 보통이 아니지."

엄마가 달샘에게 돈 봉투를 흔들었다.

"아나, 은행에 넣고 와라."

그걸로 말일에 월세를 내라고 했다.

"이게 끝이다. 우린 더 못 줘. 알지?"

"알다마다요."

다음 달부터는 떡 장사도 월세도 달샘의 몫이었다. 달샘이 편의점 ATM으로 입금하고 왔더니 아까보다 분위기가 어수선했다. 달샘은 옥상으로 이어진 외부 계단

밑에서 귀를 기울였다.

"없다니까, 꿈쟁이고 나발이고?"

아버지의 신경질적인 목소리. 이어서 젠틀하게 사과하는 소리가 들리고, 꽃미남 노신사가 옥상에서 내려왔다. 그는 달샘을 빤히 보다가 달샘의 주머니에 뭔가를 슥 찌르고 사라졌다.

"야, 송달샘!"

아버지가 성마르게 달려왔다.

"너 밖에서 헛소리하고 댕기냐? 애비가 꿈쟁이라고?"

"엉? 무슨 얘기예요?"

"아니다. 저 늙은이가 또 오거든 파출소에 확 꼰질러."

"알았어요. 그나저나 술 고만하세요. 환희 보러 가셔야죠."

달샘은 막잔을 돌리고 해산시켰다. 부모님을 공항 가는 택시에 태운 다음 주머니를 뒤적였다.

"평창동 꿈집, 고실장?"

노신사가 준 암적색 명함에 코를 댔다. 그윽한 모닥불 향이 났다.

05

　오후에 달샘은 지하에서 할머니와 노닥거렸다. 강륜의 유튜브 채널을 보는데, 륜은 옛 노래를 좋아한다며 90년대 말 최고의 여가수 '민수연'과 듀엣곡을 부르는 게 소원이라고 했다.

　햇살이 안 드는 지하에서는 언제고 푹 잘 수 있었다. 달샘은 저녁에 눈을 붙이고 자정 즈음 떡집에 올라갔다. 강륜이 리메이크한 민수연의 옛 발라드 <손가락이 예쁜 남자>를 틀어놓고 단호박을 손질했다. 과육으로 촉촉한 앙금을 찌고, 바닐라빈으로 당도를 조절했다. 찹쌀밥을 지을 때 노란 치자 물과 고소한 코코넛밀크를 더했다. 뜸들인 밥을 스테인리스 반죽기에 돌려 피皮를 만든 후 한 김 식힌 앙금으로 속을 채워 복떡을 빚었다. 얇은 반죽이 입안에서 탁 터지는 경쾌한 식감과 부드러운 단맛으로 복떡은 누구에게나 사랑받았다.

　오전 6시, 장사 준비를 마쳤다. 달샘은 옥상에서 아직 깜깜한 하늘을 향해 기지개를 켰다. 순간 인왕산 봉우리에서 오렌지빛 불꽃이 튀더니 삽시에 산불로 번졌다. 벌건 불이 전선을 타고 내려와 달샘을 화르륵 태웠다.

"아!"

떡집 소파에서 벌떡 일어났다. 두리번거리다, 휴대폰으로 해몽부터 검색했다.

"산불은…… 합격이나 신분 상승을 의미."

그러고 보니 오픈 시간이 지나있었다. 달샘은 골목을 내다보았다. 콸콸 쏟아지는 장대비.

"아기새, 떡 못 먹고 갔어?"

아쉬웠다. 그런데 텔레파시라도 통한 듯 아기새가 골목으로 달려나왔다. 녀석은 놀란 얼굴로 우산도 없이 택시를 잡으려 허둥거렸다. 달샘이 스쿠터를 타고 다가갔다.

"타요, 어디 가게?"

"A대학이요. 수시 면접인데 늦잠 자서."

울먹이는 녀석에게 헬멧을 씌웠다.

"꽉 잡아요."

태풍을 뚫고 달렸다. 홀딱 젖은 그들은 입실 마감 5분 전 겨우 도착했다.

"잠깐, 현금 있어요?"

달샘은 아기새에게서 3천 원을 뜯어냈다.

"내가 아까 길몽 꿨거든. 그 꿈 사는 셈 쳐요. 그리고 이것도."

주머니에서 복떡을 꺼내줬다. 아기새는 꾸벅 인사하곤 헬멧을 쓴 채 뛰어갔다.

달샘은 추위에 덜덜 떨며 다시 스쿠터를 몰았다. 도로의 물살이 거세져 조심하는데, 유턴하는 순간 손의 힘이 풀렸다. 하필 골목에서 세단이 나오고 있었다.

꿈을 팔아서 복이 나갔나 봐, 생각하며 달샘은 굉음과 함께 튕겨 나갔다.

06

치킨집 아들 성우가 엄마에게서 닭죽 냄비를 받았다.

"달샘이 주고 온나."

"잘 텐데요."

성우 엄마는 떡집 앞에 두고 오라고 했다. 달샘의 통화 목록에 치킨을 예약한 기록이 많아, 교통사고로 기절한 달샘의 가족을 찾는 전화가 성우네 가게로 걸려왔었다. 한밤에 떡집이 환했다. 성우가 노크하자 문이 빼꼼 열렸다.

"쌤?"

"안 잤어?"

"아직요. 들어오세요."

달샘은 식칼을 들고 있었다. 인중에 콧수염 같은 멍이 들었고 앞니 두 개가 빠져 발음이 샜다. 오른팔엔 초록색 깁스까지.

"설마 일하게?"

"딱 50개만 만들려고요. 내일 아기새도 주고, 쫌이라도 팔아야죠, 허이짜."

성우도 낮에 들어서 알고 있었다. 달샘은 부모님이 준 월세로 교통사고 합의금을 낼 생각이었고, 병원비나 진짜 월세는 새로 벌어야 했다. 단호박을 쪼개며 성우가 말했다.

"내가 빌려준다니까."

"해보고 안 되면요. 가세요, 주무세요."

성우는 계속 거들었다. 어차피 백수라 밤이 길고, 떡을 빚는 수작업은 깁스를 한 달샘에게 무리였다. 그가 노련하게 떡을 만들자 달샘이 신기하게 바라보았다.

"나 건축 말고 조소도 부전공했거든."

성우가 만들어준 떡은 이튿날 금방 동났다. 단체 떡을 주문하는 전화가 왔지만 달샘은 아쉽게 거절했다.

"하이고, 월셰가 문젠데."

당근마켓에 팔 것들을 모으다가 할머니 옆에 벌렁 누웠다. 베개 밑에 손을 찌르자 꿈 일기장이 잡혔다. 달샘은 책갈피처럼 꽂아둔 고실장의 명함을 집었다. 귀퉁이에 '길몽 매입'이라는 금박 글자가 반짝거렸다.

07

고색창연한 평창동 꿈집 앞에서 달샘은 좁은 어깨를 움츠렸다. 높다란 돌담 위로 싱그러운 계수나무 우듬지가 너울거리고 있었다.

미색 한복을 입은 할머니가 대문을 열어주었다. 생각보다 스케일이 컸다. 너른 마당에 장닭들이 활보했고, 기차처럼 생긴 사랑채가 가로로 펼쳐져 승강장에 선 기분이었다. 사랑채에는 객실이 많았으며 맨 오른쪽 큰방이 응접실 같았다. 들창이 열려 중견 여배우 둘이 차 마시는 모습이 훤히 보였다.

"대박."

응접실 앞에는 나무 정자와 연못, 석류나무와 국화꽃으로 가꾼 정원이 있었다. 사랑채 우측이 그렇게 예쁘다면 좌측은 밋밋했다. 그쪽에는 바깥 담장보다 나지막한 내담이 있고, 내담 안으로 팔작지붕을 올린 한옥 별당과 우람한 계수나무 한 그루가 서 있었다. 꿈집 밖에서도 보이던 나무로, 둥치와 가지가 굵고 이파리는 무성하여 나무가 아담한 별당을 끌어안은 느낌이었다. 가지에는 동아줄로 매달아둔 그네도 있었다.

달샘은 전부 신기했다. 발치에는 지름이 달샘의 키만한, 큼직한 무쇠 뚜껑이 땅을 덮고 있었고 자물쇠까지 걸려있었는데, 용도를 가늠키 어려웠다. 얼마나 많은 손님이 다녀갔는지 대문에서 사랑채로 이어지는 회색 돌길은 돌고래 등처럼 반질거렸다. 사랑채 너머로 으리으리한 복층 한옥도 있었다.

멍!

갈색 강아지가 나타났다. 녀석은 킁킁대다 달샘이 목을 긁어주자 드러누웠다.

"복동."

고실장이 강아지를 부르며 나타났다. 그는 깁스를 한 달샘에게 무엇도 묻지 않고, 몇 초 동안 칼끝처럼 매섭게 쏘아본 뒤 복잡한 눈빛으로 끄덕였다.

"잘 찾아왔구나."

꿈집에는 미로처럼 내담이 많았다. 달샘은 고실장을 따라 사랑채와 복층 한옥을 지나 안채에 다다랐다. 거기에는 꿈집 주인인 마담의 집무실과 고실장의 연구실, 주방 등이 있었다. 주방에서는 두 할머니가 거대한 기계식 돌절구로 떡을 찧고 있어 달샘의 시선을 사로잡았다.

"궁금하니?"

고실장이 주방으로 안내했다. 달샘은 모터를 달고 힘차게 돌아가는 돌절구에 각인된 서명을 발견하곤 아찔해졌다.

"맙쇼샤, 곽명슈 셕장님 작품이네요?"

무형문화재 곽명수 석장의 기계식 돌절구는 전국에 열 대도 되지 않았다. 주방 할머니가 갓 나온 떡을 떼어 주자 달샘은 신음하며 먹었다. 돌절구 떡의 찰기는 스테인리스 반죽기와 레벨이 달랐다.

다시 협문을 지나자 뒤뜰이었다. 대숲을 배경으로 소박한 별채가 서 있었다.

"사당이란다. 꿈집 조상님들을 모시는 곳이지."

무연아, 하고 고실장이 부르자 사당 문이 열리고, 20대로 보이는 여자가 꾸벅 인사했다. 그녀는 마담의 수행원 무연으로, 커트 머리와 사각턱이 좀 보이시했고 검은 옷이 어울렸다.

무연은 달샘에게 흉기가 없는지 손으로 훑었다. 향냄새 자욱한 제단에는 초상화들이 놓여있었으며 고인들은 하나같이 우울한 메기입이었다.

무연이 벽의 태피스트리를 젖히자 나전칠기로 꾸민 승강기가 드러났다. 달샘과 고실장은 아래로 이동했다.

지하는 천장과 벽, 바닥까지 온통 암적색이어서 누군가의 핏줄 속을 걷는 기분이었다. 고실장은 손수건으로 이마의 땀을 눌렀다.

"대한민국 최고의 산몽가들이 꿈을 논하는 장소란다. 평소엔 우리 꿈집에서도 손에 꼽히는 정예산몽가들만 출입할 수 있지."

붉은 벽에 수묵화가 걸려있었다. 해와 보름달 아래로 구름이 흐르며, 그 밑에 나무 한 그루가 선 구도였다.

"꿈집 주인이신 마담의 태몽을 담은 그림이야. 태몽을 꾼 분은 마담의 증조부, 꿈집의 첫 주인이셨지. 보름달에서 계수나무가 떨어져 이 땅에 뿌리내리는 꿈을 꾸셨다는구나. 그림 속 구름은 마담의 선조들을 뜻한단다. 낮을 밝히는 태양이나 밤을 지키는 달과 달리, 밤낮을 관통하는 구름이 되어 계수나무를, 즉 마담을 늘 지키려는 애정을 담은 작품이지."

복도 끝에는 아치형 문이 있었다.

"여긴 회의실이다. 마담께선 집무실보다 여길 선호하

시거든."

문이 열린 순간 달샘은 웅크렸다. 복도와 달리 조명이 눈부시고, 사방이 청록색이었다. 천장의 샹들리에에는 십이지신 장식물이 붙어있었으며, 그것들이 천장에 둥근 그림자를 드리워 열두 동물이 머리 위에서 강강술래를 도는 것 같았다. 마담은 원형 테이블의 상석에 앉아있었다. 짙푸른 한복을 입은 채 얼음장 같은 눈으로 달샘을 꼿꼿이 응시했다.

"안녕하셰요?"

마담의 귓불이 꿈틀거렸다. 마담의 얼굴은 도자기처럼 창백하며 둥글었다. 흐트러짐 없이 쪽찐 머리는 가발처럼 검고 눈썹도 진했다. 긴 눈꼬리에 도톰한 콧방울, 입술은 조상들처럼 메기입, 턱에는 칼집 같은 골이 또렷했다.

"가까이 오너라."

소름 끼치게 굵은 목소리였다. 마담이 오른손으로 악수를 청해 달샘은 깁스를 안 한 왼손으로 마담의 손을 잡았다. 역시 노인이라 눈이 침침하시구먼 싶었다.

고실장이 달샘의 몸에 케이블을 붙였다.

"간단한 면담을 하자꾸나. 거짓말을 하면 심박 변화

가 감지되니까 솔직한 게 좋아. 뭐든 미화 말고. 자, 꿈집에 온 이유는?"

"그, 급전이 필요해서 꿈을 팔고 싶습니다."

"팔고 싶은 꿈은?"

"어…… 옥황상제 꿈이요."

꿈 이야기를 들은 고실장은 꿈에서의 헤어스타일을 물었다.

"하나로 땋아 빨간 댕기로 묶었슴다."

그려보라고 했다. 달샘이 끼적이자 마담에게 "제비부리댕기군요" 하고 속삭였다. 마지막 질문은 노인이 옥황상제임을 꿈에서 직감했는지, 깬 후에 추측했는지였다. 달샘은 전자였다. 고실장은 새를 부르듯 짧은 휘파람을 불며 연필로 길조를 하나씩 스케치했다.

"마담, 풀어보겠습니다. 새 한복을 입는 것은 변화를 예고하며 제비댕기를 묶었으니 청춘의 생기를 얻겠습니다. 옥황상제에게 받은 복숭아는 무병장수요, 빨간 나비는 권세를, 파란 나비는 보람을 가져올 테니 양어깨가 든든하군요."

마담이 끄덕였다.

"상서로운 꿈이로고. 허나 바로 팔아줄 수는 없지."

달샘이 약효가 드는 길몽을 꾸는 진짜배기 산몽가인지, 빛깔만 좋은 개살구 꿈을 꾸는 보통내기인지 가름하려면 달샘의 꿈이 한 번은 전문가의 임상을 거쳐야 한다는데.

"고실장의 추천으로 왔으니 내게 네 꿈을 취해보마."

달샘의 꿈을 받은 후 유의미한 징험을 하면 산몽가로 받아주겠다고, 그때부턴 언제든 꿈을 팔 수 있다고 했다. 달샘은 멀뚱멀뚱 꿈 양도계약서와 기밀유지 서약서에 사인했다. 고실장은 꿈이 입에서 입으로 오가면 왜곡될 우려가 있으니 꿈 이야기는 꿈집에서만 하라 강조했다.

"네, 걱정 마세요."

달샘은 그냥 집에 가고 싶었다. 꿈이 언제 발현될지 누가 알겠는가? 당장 돈을 벌려면 집에 가다 머리칼이라도 팔아야 할 판이었다. 소득 없이 일어나다 멈칫했다. 그래도 노약자니까⋯⋯ 마담에게 꿈 일기장을 건넸다.

"제 2년 치 꿈이 적혀있어요. 맘에 드는 거 있으시면 가지세요. 전 어차피 매일 꿔서요."

고실장이 차로 바래다줬다. 달샘이 안 오면 또 찾아

가려 했다는 말에 달샘은 갸우뚱거렸다.

"명함을 막 뿌리시는 게 아닌가요? 그럼 제가 꿈을 많이 꾸는 걸 어떻게 아셨어요?"

"산몽가는 세 부류거든. 길몽을 잘 꾸는 길몽가, 흉몽을 잘 꾸는 흉몽가, 그리고 길몽과 흉몽, 경몽까지 두루 꾸는 위대한 산몽가가 있지. 산몽가가 천 명이면 그중 길몽가가 구백구십, 흉몽가가 아홉, 위대한 산몽가가 한 명일 게다. 흉몽이나 경몽을 꾸는 이는 드무니까."

"실장님도 길몽가세요?"

"난 해몽가. 예지몽은 안 꾸고 해몽만 한단다."

그는 마담이 길몽가라고 했다.

"길몽과 흉몽, 경몽을 모두 꾸는 위대한 산몽가지만, 본래는 길몽가로 태어나셨어. 참고로 길몽가와 흉몽가는 관상이 다르단다. 마담과 네가 전형적인 길몽가 상이지. 접시처럼 둥근 얼굴에 고인 젖빛 피부, 짙은 눈썹, 도톰한 눈두덩에 붉은 입술까지. 평생 푹 잔 사람의 얼굴이랄까. 난 네 외모에서 가능성을 읽었다."

3년 전 마담이 독감으로 달포를 앓았을 때, 옥인동의 부동산과 구둣방을 은밀히 기웃거리던 고실장은 그 동네에 솜뭉치로 불리는 여고생이 있다는 것을 알게 되었다. 그 별명이 결정타였지만, 관상도 한몫한 게 사실이었다.

달샘은 자기 얼굴의 거푸집인 아버지를 떠올리다가, 다시 월세를 걱정했다.

"혹시 산몽가 말고 알바는 안 필요하세요?"

"급한 게로군. 돈이 얼마나 필요하니?"

"좀 커요. 백만 원이요."

고실장은 자칫 실소할 뻔했다.

"기다려보자. 넌 재능이 있는 듯하니까."

"재능이요?"

"그래. 암만 꿈이라도 옥황상제가 아무나 만나주진 않거든."

달샘의 뺨이 화끈 달아올랐다. 재능이라, 황홀한 단어였다.

평창동으로 돌아가며 고실장은 곱씹었다. 집터, 별명, 관상까지…… 정말로 예언의 아이일까?

사실 마담에게 양도한 꿈의 효험이 더디더라도 달샘이 돈 걱정을 할 필요는 없었다. 모든 면접자에게는 이

틀날 넉넉한 수고비가 주어지니까. 꿈이 효과를 보이면 정식으로 꿈값도 받을 텐데. 달샘의 꿈은 특별히 견적을 높게 잡는 옥황상제 길몽이었다. 이런 금전적인 혜택을 미리 알려주지 않은 건 마담이 '조건 없이' 꿈을 내어줄 인재를 바라는 까닭이었다. 그런데 달샘은 뭘 바라긴커녕 꿈 일기장을 통째로 넘겼으니.

"문제는 마담인데."

꿈집을 없애려는 마담이 달샘을 곁에 둘지 미지수였다. 고실장은 꿈집 뒤뜰에서 마담과 마주쳤다. 마담은 무연이 미는 휠체어에 앉아 달샘의 꿈 일기장을 쥐고 있었다.

"몇 편 읽어드릴까요?"

"됐네."

마담은 앞마당으로 향했다. 계수나무와 별당이 있는 구역이 마담의 보금자리였다. 무연을 내보내고, 별당 툇마루에서 실내용 휠체어로 갈아탔다. 마담의 긴 팔은 장정의 다리처럼 근육이 발달해 혼자 오르내리는 정도는 거뜬했다. 단풍이 익으려는지 계수나무 특유의 솜사탕 향이 코끝을 스쳤다.

"기어코 데려왔군."

예상은 했지만 노여웠다. 어려서부터 손님을 받느라 관상에 도가 튼 마담은 문 여는 태만 봐도 산몽가감인지 알 수 있었다. 하지만 오늘은 유독 눈이 흐려 여자애가 멀건 덩어리로만 보였다. 여우 같은 고실장이 정말 옥인동에서 찾아왔을지, 돈으로 사람을 샀을지 모를 일이었다. 더 찜찜한 건 여자애가 마담의 눈 상태를 아는 것. 공책을 줄 때 그 애는 분명 맹인을 대하듯 사려 깊게 움직였다.

"솜뭉치라."

다 못 미덥지만 한 가지는 인상적이었다. 여자애 목소리가 괜찮았다. 돈을 벌러 왔대도 잡스러운 욕심이 없는 음색. 고실장이 눈독 들이는 꿈 일기장도 구미가 당겼다.

"그럼 뭐 하나, 읽지도 못하는걸."

마담은 먹통이 된 눈을 질끈 감았다.

세상이 이렇다. 위대한 산몽가도 자기 일은 모를 때가 있는 법. 감았던 눈을 다시 뜰 땐 완전히 개안하여 달샘의 공책을 독파하리라곤 마담도 알지 못했다.

08

밤에 푹 자기 위해 낮잠을 삼가는 마담이지만, 달샘
이 다녀간 오후에는 까무룩 잠들었다. 그리고 모처럼
선명한 꿈을 꿨다.

꿈에서 분홍색 코트를 입은 여자아이를 만났다. 아이
는 옷에 달린 후드에서 커다란 백도를 꺼내 내밀었다.
마담이 베물자 혀에 단물이 괴며 씨앗 대신 오팔 반지
가 나왔다. 영롱한 빛을 발하던 반지는 누가 채가듯 튕
겨 나갔다. 사위가 어두워지더니 아이가 사라졌다. 꿈
집 앞마당엔 마담만 남았다. 동시에 땅바닥의 무쇠 뚜
껑이 열리며 깊숙한 토굴이 드러났다. 오팔 반지가 토
굴 속에서 깜박이며 마담을 유혹했다.

밤하늘에서 눈송이들이 나풀거렸다. 마담이 내려다
보며 망설이자 토굴은 더운 입김을 뿜으며 끙끙 앓았다.

자신을 토굴에 가둔 부모가 울며 던져준 음식을 먹던

돼지 같은 조부, 그의 쩝쩝대는 소리. 작은 소녀가 가슴을 탕탕 치는 소리와 젊은 엄마의 목멘 울음이 토굴의 신음 속에서 회오리쳤다.

마담은 선택의 여지가 없었다. 치맛자락을 끌어올려, 꽃봉오리처럼 토굴로 떨어졌다.

꿈에서 복숭아를 준 여자아이는 초면이었다. 그러나 토굴에 뛰어드는 환시라면 마담은 신물이 났다. 수십 년째 자신의 죽음을 보여주는 경몽이었으니까. 토굴 꿈을 꿀 때마다 사지의 피가 빠져나간 듯 피곤했고, 이는 경몽의 보편적인 후유증이었다.

새벽빛이 스몄다. 천장의 윤곽이 도드라졌다. 마담이 경대로 다가가자, 거울에 지친 노파가 비쳤다.

"복숭아 덕인가."

안구를 갈아끼운 듯, 시력이 온전히 회복되어 있었다.

09

달샘의 꿈 일기장을 읽은 후, 마담은 고실장 모르게 달샘을 불렀다. 지하 회의실 문이 열린 순간 마른침을 삼켰다.

"안녕하세요?"

달샘은 마담의 꿈에 나왔던 여자아이의 현신이었다.

마담은 흑단나무 원탁에 봉투를 올린 뒤 상판을 회전하여 전달했다.

"받아라. 네 꿈값이다."

"앗, 정말요? 고맙습니다. 제 꿈으로 효과를 보셨나요?"

마담은 끄덕였다.

"대길몽을 아느냐?"

"아, 아뇨. 그게 뭔가요?"

"하나의 길조를 품은 꿈이 길몽이라면, 셋 이상의 길조가 조화를 이룬 꿈이 대길몽이다."

길몽은 일반인도 가끔 꾸지만, 대길몽은 정예산몽가

도 꾸기 어려웠다. 그런데 달샘의 공책에는 산삼밭처럼 대길몽이 수두룩했다.

"우리 꿈집의 산몽가로 받아주마. 새 꿈을 꾸거든 가져오너라. 손님을 중개해주지."

"와아, 감샤합니다. 옛날 꿈도 팔 슈 있나요?"

"꿈은 달걀과 비슷하다. 한 달 이상 묵은 것은 취급하지 않아. 내일부터 출근하거라."

신입 산몽가는 수습 2개월간 주 5일을 꿈집에서 근무해야 했다. 월요일부터 금요일까지 밤 9시에 평창동에 출근해 1시간 동안 워밍업하고, 밤 10시부터 아침 8시까지 꼬박 10시간을 성실히 잔 다음 간밤의 꿈을 보고하고 퇴근하는 일정이었다.

"꿈집에셔 잔다고요?"

"두 달만. 이후에는 재택이 허가되지."

달샘은 어리둥절했다. 꿈을 사준 건 고맙지만 산몽가가 될 생각은 없었다. 자면서 돈을 번다면 짜릿하겠지만, 그러다 떡하고 멀어질 것 같았다. 밤마다 할머니를 혼자 두는 것도 내키지 않았다.

마담에게는 달샘의 망설임이 다소 충격적이었다. 세계의 산몽가들이 동경하는 평창동 꿈집에, 잠만 자도 고소득을 보장하는 지상 유일의 직업이니까.

"죄송합니다만."

"듣자 하니 떡집을 한다고?"

마담이 말을 끊었다.

"두 달만 생업을 접고 우리 꿈집에서 일한다면, 네 가게에 기계식 돌절구를 놔주마."

고실장에게 들은 정보를 활용했다. 만나기 전이라면 모를까, 막상 달샘을 마주한 마담은 흥미를 느꼈다. 달샘이 입을 쩍 벌렸다.

"도, 돌절구라면 설마."

"내 오랜 단골이지, 곽명수 석장."

곽명수의 절구는 돈만 낸다고 살 수 있는 물건이 아니었다. 돌절구와 함께라면 환희떡집의 복떡 맛도 렙업될 터.

"근데 왜 이렇게까지…… 저를 원하세요?"

"넌 자격이 있으니까."

달샘의 뺨이 후끈 달아올랐다.

5분 후 달샘은 근로계약서에 사인했다. 어차피 팔을 다쳐 당분간 떡집은 무리였다.

마담은 허리에 찬 두루주머니에서 반짇고리를 꺼냈다. 색색의 실타래를 보여주자 달샘은 노란색을 골랐다.

"네 태몽을 알려다오."

달샘은 슬그머니 마담 옆에 앉았다.

"음, 토끼 꿈입니다. 제가 쌍둥이거든요. 남녀 쌍둥이요. 저랑 남동생을 임신했을 때 엄마가 보름달에 가는 꿈을 꾸셨대요. 달은 의외로 덥더랍니다. 나무가 없어 그늘도 없고요. 그런데 절구 소리가 나서 둘러보니까 쬐그만 토끼 한 마리가 공이질을 하더래요. 주둥이에 떡가루를 묻히고 땀 흘리다가, 엄마랑 눈이 마주치곤 씩 웃었는데 토끼가 넘 못생겨서 식겁하셨대요. 그 토끼가 준 떡을 먹은 게 태몽이에요. 부모님은 남동생이 보름달이고 제가 토끼랬어요. 환한 건 동생한테 주고 싶어하셔서요."

반짇고리에 길고 울퉁불퉁한 나선형 놋쇠 구슬이 들어있었다. 마담이 그걸 노란 실로 꿰려 하자 달샘은 실을 가져가 침을 축이고 구슬을 끼웠다. 마담이 찌푸렸지만 눈치 없는 달샘은 싱긋 웃었다.

"근데요, 남동생이 보름달인데 막상 그 애 이름엔 달이 없어요. 아부지가 아들을 환희라고 부르는 게 로망이었대요. 그래서 동생은 환희고, 저는 토끼지만 토샘이라 하면 이상하니까 동생한테 달을 빌려다가 달샘이됐어요. 위로 언니가 셋인데 큰언니가 꽃샘추위가 심한날 태어나셔 샘자 돌림이거든요. 꽃샘, 은샘, 한샘, 달샘. 근데 이 구슬은 뭘로 만든 거예요? 아주 독특한데요."

"놋쇠."

마담은 벼루에 먹을 갈았다. 쌉싸름한 향이 퍼졌다.

"태몽은 탄생을 축하하는 한 폭의 그림이다. 그림을 반으로 가르지 않듯, 태몽의 달은 동생에게 주고 토끼는 네가 갖는 식으로 분리할 순 없어. 가부간 귀한 꿈이로군, 달토끼라."

옥황상제가 달샘에게 복숭아를 준 이유를 마담은 알 것 같았다. 왜 마담의 눈이 나았는지, 달샘이 어떤 산몽가인지도.

달샘은 '치유'에 특화된 길몽가였다. 이런 길몽가는 희귀하며, 업계선 '인간 보약'으로 불렸다.

마담은 달샘에게 옛 설화를 들려주었다.

먼 옛날 옥황상제가 동물들을 시험하려 굶주린 걸인으로 변신했다. 원숭이와 자칼, 수달은 걸인에게 과일과 물고기를 구해주었다. 그러나 토끼는 가진 게 풀뿐이라, 제 자신을 고기로 내어주기로 작심했다.

"어르신, 절 잡수시죠!"

토끼가 걸인을 위해 모닥불에 뛰어들자, 감동한 옥황상제는 토끼에게 영생을 주고 달로 보냈다. 그리고 불로초로 영약을 만드는 일을 맡겼다. 이 토끼가 바로 달에 사는 '옥토끼'다. 별주부전에서 용왕이 토끼의 간을 탐한 것도 토끼가 영물인 까닭이었다.

옥황상제가 총애하는 옥토끼의 태몽을 받고 태어난 산몽가라면, 옥황상제가 제일 좋아하는 복숭아도 받을 법했다. 무병장수를 상징하는 복숭아 꿈은 환자들에게도 참 이로웠다.

마담은 새삼 달샘의 공책에 적힌 햇살, 파 뿌리, 약수, 지네 꿈들을 떠올렸다. 치유의 길조가 풍부했다.

"토끼가 불에 뛰어들었다고요? 넘어진 게 아니고요?"

달샘은 갸웃거렸다.

"그 토끼 이상하네요. 옥황상제도요. 딴 동물들한테 과일 받았음 됐지, 목숨 중한 줄도 모르나 봐요."

마담은 손톱만 한 나뭇조각에 한자를 적었다.

玉兎 옥토

그걸 노란 실로 엮어 나무 명패와 놋쇠 구슬이 달랑

이는 팔찌를 완성, 달샘의 손목에 채웠다.

"오늘부로 넌 우리 꿈집의 신입이자 정예산몽가다. 정예는 내 직속으로 이 팔찌와 예명을 받는단다. 예명은 태명에서 따오므로 너를 '옥토'라 부를 터, 앞으로는 모든 서명을 예명으로 하거라. 또한 팔찌는 정예의 신분증이니 늘 지참하도록."

"옥토요?"

달샘의 동공이 떨렸다.

마담은 고실장을 불러 상황을 알렸다. 더불어 달샘의 공책에서 최신 꿈 두 편을 골라 고실장에게 보였다.

"뭐 하나? 견적을 내지 않고."

"아, 예, 마담. 우선…… 빛바랜 솜이불을 떨치고 일어나, 두루미를 타고 날아가는 꿈이군요. 하늘은 맑고…… 흐름이 좋습니다. 어디에 보내시렵니까?"

"반포 최사모가 어떨까."

"안성맞춤이군요. 겨울 이불을 정리하는 것은 병마를 이겨낼 길조. 두루미를 타고 높이 날았으니 쾌차 후 명예를 얻겠습니다. 가격은 다섯을 제안 드리지요."

"흐음, 넷으로 해주게."

"이 정도면 상당한 길몽입니다만."

"넷."

고실장은 짧은 휘파람을 불며 다음 꿈을 읽었다.

"잔잔한 바다에서 금실로 짠 그물을 펼치는 꿈. 오색 물고기 떼를 건져 큰 배를 채우고, 콧노래는 파도 따라 넘실넘실 퍼지는데."

마담과 고실장이 눈빛을 나눴다.

"고양이의 고객님을 고려 중이십니까?"

"맞네. 만선님께 드리고 싶군."

"동감합니다. 평화로이 큰일을 해야 할 만선님께 꼭 맞지요. 큰 꿈이므로 가격은 스물 어떨까요?"

"열로 낮춰주게."

"하지만 이 꿈은."

"고실장, 옥토는 신참일세."

마담은 녹색 종이를 꺼내 붓글씨를 썼다.

大吉夢 대길몽

그건 꿈의 인증서였다. 고실장이 뒷면에 상품번호와 생산일자를 적어 달샘에게 서명을 시켰다. 달샘은 왼손으로 한자를 삐뚤삐뚤 베껴 썼다.

고실장은 랩톱으로 꿈집 온라인 사이트에 접속한 다음, 관리자 페이지에서 상품정보를 입력하고 고객에겐 기밀로 하는 꿈의 내용도 기록해두었다.

마담이 먼저 나가자 고실장이 처음으로 씩 웃었다.

"입봉을 축하한다, 옥토."

"아유, 고맙습니다. 제 손님들은 어떤 분이세요?"

"반포 최사모님은 전업주부인데, 최근 지인의 병세를 걱정하시더구나. 만선님은 비밀 고객이라 알려줄 수가 없고."

그는 지상으로 올라가며 주의사항을 읊었다. 꿈을 꾸면 신선할 때, 즉 24시간 내에 메일로 보고해야 하며, 2차로 마담과 고실장에게 면담으로 검수를 받아야 매매가 가능했다. 정예산몽가는 달샘을 포함해 다섯 명. 이들의 매물을 기다리는 손님이 많아 대부분은 검수 후 즉각 출고되었다.

"꿈은 실체가 없잖니. 그래서 인증서와 떡을 선물로 보내드린단다."

꿈집 온라인 샵에서는 묵은 꿈을 떨이로 팔거나, 정예보다 급이 낮은 중등, 초등 산몽가들의 꿈을 염가에 판매했다. 이 업계에 들어오려 교육을 받는 예비 산몽가도 몇 명 있었다.

"그리고 옥토가 가장 궁금할 정산은, 판매가의 절반

이 산몽가 몫이란다."

"네. 으하하, 옥토……."

달샘은 예명이 쑥스러워 웃었다.

"어색하니? 그래도 본명은 위험해. 신상이 노출되면 손님들이 괴롭힐 수 있으니까."

"엇, 왜요?"

"황금알을 낳는 거위잖니. 복을 낚는답시고 산몽가를 스토킹하거나 납치하는 경우도 있지. 꿈집에선 사람 조심해야 한다. 동료들에게도 실명과 연락처 공유는 금물이야."

"동료도요?"

"그래, 지내다 보면 알 거다. 어르신!"

고실장이 창고의 문을 두드렸다. 키 작은 할아버지가 문을 열자, 나무상자와 광주리가 빼곡했다.

"반포 최사모님 댁에 보내주십시오."

새까만 인증서 봉투는 말린 계화꽃을 듬뿍 깐 캐러멜색 나무 상자에 담겼다. 고실장은 다른 봉투도 건넸다.

"이건 만선님 것. 다이어트 중이시니 떡은 빼주세요."

10

꿈집 주방 할머니들이 밤새 떡을 쪘다. 떡은 이튿날
달샘의 꿈 인증서와 함께 반포로 배달되었고, 최사모의
둘째 딸이 예비 시댁에 가져갔다. 예비 시모는 암적색
보자기만으로도 선물의 정체를 알아챘다.

"어머, 얘. 뭘 이런 걸!"

말은 그래도 화색이 돌았다. 꿈은 예단으로도 인기였
다. 예비 고부가 다정하게 보자기를 풀었다. 큰 광주리
에 두텁떡과 장미화전, 신선한 조청을 바른 우메기, 술
을 부르는 고기밀쌈까지 고급 떡이 가득했다. 시모와
며느리는 도란도란 맛보며 꿈 인증서를 구경했다.

"대길몽은 처음이네. 산몽가 옥토는 낯선 이름인데?"

"신참이래요. 신참이 용하다면서요."

그 시간, 뉴페이스 옥토 선생은 치과에서 임시 앞니
를 꽂고 나왔다. 새 치아보다 심장이 너무 벌렁거렸다.

전날 마담이 준 봉투에 무려 육백만 원이 들어있었기에. 고실장에게 전화해보니 그는 이상 없다고 했다. 꿈 집 주인이라도 꿈값은 공평히 치러야 하며, 산몽가 몫으로 50%를 달샘에게 정산했다는데.

"그럼 제 옥황상제 꿈이 천이백만 원인가요?"

"천만 원. 오백이 꿈값, 백은 면접 수고비란다."

거기서 끝이 아니었다. 반포에 보낸 두루미 꿈값으로 이백, 미스터리한 만선님께 보낸 물고기 떼 꿈값으로 오백이 추가 입금되었다. 달샘은 공돈이 무서워서 꼭 필요한 소비만 하기로 마음먹었다.

아무튼 10월 말일이었다. 월세를 무사히 내고, 옥상에서 할머니와 냉동 삼겹살을 구웠다.

"할무니, 우리가 서울서 살아남으려면 오늘부턴 내가 밤일을 가야 하거든요? 자다 깨서 나 없어도 놀라지 마셔. 알았죠?"

귀가 어두운 할머니는 귓바퀴에 손을 두른채 OK했다.

드디어 첫 출근. 노란색 이마트 에코백에 수면바지와 칫솔, 팬티를 챙겨 집을 나섰다. 밤 골목을 걷는데 지물포 사장이 타다다 달려왔다.

"뭉치야, 서봐라. 너 요새 떡 안 찌고 뭣 허냐?"

아버지와 친한 그는 꼭 아버지처럼 굴었다.

"너 설마 여기 가냐?"

그는 고실장의 명함까지 내밀었다.

"어제 니가 없길래 느이 할매께 진지는 자셨나, 뭉치는 어딨나 여쭤보니 이거 주시더라. 참말이냐? 너도 꿈쟁이 되려고?"

"어……"

하자가 많은 달샘은 어휘력과 순발력이 두루 부족했다. 무작정 돌아서서 튀려다 뒤에서 구경하던 성우의 가슴팍에 얼굴을 박았다.

"아이구, 쌤. 죄송요."

성우가 떨군 핫도그를 주워주고 달샘은 냅다 달렸다. 성우는 천천히 쭈그려 앉았다.

"이게 약하구나."

땅바닥에 달샘의 임시 앞니 두 개가 떨어져 있었다.

11

　평창동 꿈집의 복층 한옥 이름은 감몽옥甘夢屋, 일명 달콤한 꿈의 공간. 신입 산몽가들을 위한 취침 시설로, 즉 일터였다.

　감몽옥 1층에는 강의실과 경락실, 2층에는 스무 칸의 침실이 있었다. 오늘 감몽옥에서 잠들 사람은 달샘 하나뿐.

　밤 9시가 되자 고실장이 달샘을 경락실로 보냈다. 깁스를 한 오른팔에 방수 커버를 씌우고 편백나무 욕조에서 반신욕을 했다. 곧 과묵한 언니가 나타나 달샘의 정수리부터 발바닥까지 일랑일랑 오일을 바르고 환상적인 압으로 마사지해주었다.

　달샘은 몽롱하게 침실로 올라갔다. 고즈넉한 외관과 달리 실내는 5성급 호텔처럼 모던한 화이트톤이었다.

　창을 열자 솨아, 계수나무를 훑고 온 바람이 달샘의 이마를 쓸어주었다. 사랑채 기와지붕에는 달빛이 서려

용의 비늘처럼 아른거렸다.

9시 50분, 인터폰이 울렸다. 고실장의 지시대로 달샘은 창을 닫고 휴대폰의 전원을 껐다. 그러자 우유를 부은 듯 유리창이 불투명한 흰색으로 바뀌며 외부의 빛과 소음이 완벽히 차단됐다.

"우어."

낯선 침대에 살포시 누워보다 또 휘둥그레졌다.

"헐."

말도 안 되게 넓고 푹신했다! 베개도 종류가 다양해서 얇은 건 베고 긴 건 가랑이로 끌어안았다. 10시 정각이 되자 노르스름한 조명마저 사그라들었다.

"사흘도 잘 수 있겠구만."

행복하게 입맛을 다셨다.

하지만 그 밤은 지독히 길었다. 빛이 사라지자 검은 잉크에 빠진 듯 깜깜했다. 집에선 멀티탭의 불빛이라도 있으니 이런 촘촘한 어둠은 처음이었다. 이불은 부드러운 나머지 없는 것 같아 어디에도 스치지 못하고 추락하는 꿈을 거듭 꿨다.

깰 때마다 누가 지켜보는 기분이었다. 뛰쳐나가고 싶지만, 몸을 일으켰다가 무언가와 눈이 마주칠까 두려웠다. 공벌레처럼 웅크린 채 나갈 시간이 지난 게 아닐까 의심했다.

가까스로 선잠에 취할 무렵 빛이 돌아왔다. 유리창이 맑아지고, 8시에 모닝콜이 울렸다.

"죄송합니다. 잠을 설쳤습니다."

고실장은 훗 웃었다.

"처음엔 다들 그래. 오늘부턴 커피와 낮잠을 삼가렴. 과로도 절대 안 된다."

아침 9시, 참새 소리를 들으며 달샘은 퇴근했다. 치과에서 새 의치를 꽂고, 잠을 쫓으려 옥상에서 강륜의 커버댄스를 삐걱삐걱 췄다.

저녁 6시에는 전기담요를 들고 다시 평창동으로 향했다. 7시부터 정예산몽가 회의가 있어 달샘도 첫 참석 예정이었다.

문제는 저녁 8시부터 강륜의 크리스마스 콘서트 예매가 시작된다는 사실.

"시간이 애매한데."

예매 전 회의가 끝나길 바라며 걸음을 재촉했다.

12

지하 회의실 문을 열자 눈부신 십이지신 샹들리에 아래, 세 명의 정예산몽가가 앉아있었다. 통통한 체구에 갈색 곱슬머리를 느슨하게 땋아 내린 낯선 여인이 찡긋 웃었다. 그녀는 원탁의 상판을 돌리며 따뜻한 계화차를 따르는 중이었다.

"자기가 옥토?"

"네, 안녕하세요."

"난 호접胡蝶이에요. 다들 나비라 하죠. 자기 포지션은, 길몽가?"

"네에, 아마도요."

"나랑 개미도 길몽가예요."

"반가워여. 내가 개미임."

왜소한 소년이 음슴체로 인사했다. 바가지머리와 소복한 눈두덩이 동양적이지만 참깨만 한 눈의 눈동자만은 사파이어처럼 푸르렀다. 개미는 화려한 구찌 코트를 걸치고 있었다.

곁에서 만년필을 돌리는 젊은 여자도 럭셔리한 트위드재킷 차림이었다. 트위드는 달샘의 또래 같았는데, 까무잡잡한 데다 짝눈이라 정석 미인은 아니지만 와일드한 매력이 있었다. 옆통수를 비대칭으로 민 커트 머리와 스모키 화장도 잘 어울렸다. 그녀는 달샘의 분홍색 떡볶이 코트와 팔의 깁스를 훑어보다 픽 웃었다.

"성냥팔이 소녀인 줄."

그녀는 산몽가 묘猫, 편히 부르자면 고양이였다.

고실장과 마담이 나타났다. 비취색 한복을 입은 마담에게서 기품이 느껴졌다. 달샘은 때 탄 소매를 감췄다.

"희소식이 있습니다."

고실장부터 보고를 시작했다. 그는 중등 산몽가의 옥수수 꿈을 사 갔던 고객이 드디어 시험관 임신에 성공했다고 전했다. 마담이 끄덕였다.

"옥수수는 백발백중이지. 축하 선물을 보내게."

고실장은 온라인 샵의 매출도 보고했다. 온라인으로 판매할 재고가 열 개도 안 남아 보충이 필요하다는 말에 마담이 달샘을 가리켰다.

"옥토의 일기장에서 유통기한이 남은 꿈들을 매물로

풀게나."

달샘은 또 돈 벌었나 싶어 설레면서도 겁이 났다. 어째서 마냥 좋지만은 않은지 조금은 의아했다.

고실장 다음은 고양이였다.

"저는 지난주에 꿈 안 꿨어요."

당당했다. 개미가 달샘에게 속닥거렸다.

"냥이 누나는 흉몽가거든여. 꿈으로 악재만 보니까, 안 꿔야 우리도 안심임."

"개미?"

고실장이 따끔하게 쳐다봤다. 그는 마담의 양해를 구하고 달샘에게 정식으로 소개했다.

"고양이는 우리 꿈집의 유일한 흉몽가란다. 해충이나 깨진 그릇처럼 흉조가 보이는 꿈을 잘 꾸고, 앞날의 비극을 노골적으로 경고하는 경몽도 꾸지. 때문에 잃을 게 많은 사업가나 다치기 쉬운 운동선수들이 단골이란다. 참고로 흉몽가는 길몽가와 업무 방식이 달라. 길몽가가 생산직이면 흉몽가는 컨설턴트랄까. 고객과 내밀히 교류하다 흉몽에 고객이 나오면 알려드리고, 액막이 길몽을 권해드리지."

"옥토님 기초교육 안 받았어요?"

고양이가 뜨악한 투로 물었다. 고실장이 끄덕였다.

"그래, 하지만 검증된 인재야. 마담의 임상을 하루 만에 통과했으니까."

"어머나."

나비와 개미의 눈빛이 새삼스러워졌다.

개미는 이번 주에 길몽을 세 편 꿨다고 자랑했다.

"메일 보셨져? 개인 면담 때 디테일하게 보고 드릴게여. 청룡 꿈이 판타스틱했음요."

대치동 학부모들의 원픽, 합격 전문 1타 길몽가 개미는 수능 철에 물량을 쭉쭉 뽑는 자신을 자화자찬했다.

끝으로 나비가 씁쓸하게 보고했다.

"죄송해요, 저는 금주에 빈손이네요. 옥토양, 내 소개는 직접 할게요. 난 애정 담당이에요. 사랑스러운 연애와 혼사 길몽을 잘 꿔서 손님들 청첩장 받는 낙으로 살죠. 제주도 다녀온 커플들 덕에 한라봉을 얼마나 먹었게요. 하지만 슬럼프인지 부쩍 꿈이 뜸하네요."

"몸이 불었군."

마담이 지적했다.

"야식 탓은 아니겠지? 저녁 6시부로 섭식은 일체 금물. 소화불량은 숙면을 해치고 이는 자네의 실적 부진으로 이어짐을 기억하도록."

"무에 그리 깐깐하누?"

가래 낀 목소리가 불쑥 껴들었다. 뒤늦게 회의실에 들어선 이는 최고참 정예산몽가이자 꿈집 고문인 '비암'이었다. 마담 외에 모두가 일어나 인사해서, 달샘도 허리를 굽혔다.

비암은 대머리에 검은 선글라스를 쓰고 있었다. 뺨이 볼그족족 쪼글쪼글해서, 멋을 낸 건대추 같았다. 정장 차림에 양뿔 지팡이를 쥐고 있었으며, 두 다리의 길이가 달라 한쪽 구두만 통굽이었다. 비암은 지팡이의 구부러진 손잡이를 달샘의 목에 걸어 획 당기더니 늙은 코로 달샘의 정수리를 꾹 눌러 냄새를 맡았다.

"보자…… 너로군! 간밤에 꿈에서 고린내가 나더라니."

비암은 안 내키는 듯 코를 잡곤 나가버렸다. 달샘은 당황했지만, 나머지는 익숙한 듯 자리에 앉았다.

"11월이다. 길몽가들은 겨울잠을 준비하도록. 손님들이 새해 길몽을 예약하고 계신다."

고실장에게 옥토의 월동을 챙기라 한 후 마담은 회의실을 나섰다. 달샘이 속삭였다.

"실장님, 월동이 뭔가요?"

"응, 직원 복지야. 산몽가들이 겨울을 잘 나도록 침구를 선물하거든. 너희 집에도 곧 갈 거다."

"우와, 고맙습니다. 그럼 겨울잠은요?"

"동절기에 잠을 늘리는 것. 산몽가들이 평소 10시간쯤 잔다면 밤이 긴 겨울에는 12시간이 목표란다."

그는 겨울이 길몽의 제철이라고 했다.

"그보다 옥토, 여기 지하에 서재가 있으니 가보렴. 흥미로운 몽서夢書가 많아."

나비와 개미, 고양이가 둘의 대화를 지켜보고 있었다. 고양이는 표정이 영 떫었다.

"그럼…… 수고하셨습니다."

달샘이 어물쩍 서재로 향하자 개미가 따라왔다.

"토끼 누나라 불러도 되져? 고실장님이 누나가 맘에 드나 봄."

"그래요?"

"네, 원랜 과묵하고 시크하심요."

서재는 입구가 어둑하고, 나무문이 잘 열리지 않았다. 개미가 코트를 벗고 휴대폰 조명을 켜자 녀석의 교복 재킷이 드러났다.

"고등학생이에요?"

"네네, 성장판도 안 닫힌 틴에이저랍니다. 고실장님이 미성년자 티 내지 말래서 학교에서 올 땐 롱코트로 교복을 가리는데, 아우, 쩌 죽겠어여."

문이 열리자 곰팡내가 코를 찔렀다. 달샘은 버섯 모양 스탠드를 켰다. 호빗의 별장처럼 낮은 천장과 소박한 나무 책장들이 정겨웠다.

"옛날엔 여기가 금고였대여. 우리 꿈집 신박하져? 주인마님의 별당이 경비실처럼 앞마당에 튀어나가 있질 않나, 감몽옥은 중국 고성 스타일에, 사랑채는 길쭉하고. 긴 세월 동안 건물을 하나씩 늘려서 그렇대여."

"여기서 오래 일했어요?"

"말 놔여, 딱 봐도 누난데. 나야 유치원 때부터 꿈 납품했져. 정예가 된 지는 3년이고. 정예는 연차랑 별도로 마담 픽인데 선발 기준을 모르겠음요. 누난 특기가 뭐예여?"

달샘은 뺨을 붉혔다.

"재능이 있대요, 흐흐. 개미군은 합격 전문이면 인기 많겠어요."

"뭐, 수능에 토익에 취업까지 내 필드니까. 그만큼 빡세여. 있는 집 손님들은 꿈발이 천천히 들어도 기다려주시지만, 없는 살림에 꿈 사 간 분들은 시험 떨어지면 나부터 족치더라고. 탱자탱자 놀다가 꿈만 사면 붙을 줄 아나 봐여. 난 지난주에도 사기 소송 당함."

"으어, 어떡해요?"

"노 프라블럼. 정예는 꿈집 간판이니깐 그 정돈 꿈집에서 해결해줘여. 이렇게 두더지처럼 지하에서 모이는 것도 다 우리 보호 차원이고여."

개미는 그리스의 꿈 전문가 아르테미도로스가 2세기에 쓴 책《꿈의 열쇠》와 고실장이 집필했다는 《해몽백서》를 포함하여 몇 권을 골라준 뒤, 에르메스 서류 가방을 들었다.

"담엔 코코아 한잔하시져. 난 연기 과외가 있어 먼저 갑니다."

"연기요?"

"응, 밤에 꾸는 꿈 말고 내 진짜 꿈은 배우거든여. 천만 관객에게 사랑받는 대배우가 될 거임."

녀석은 나가다 말고 "누나" 하며 까만 벌레를 던졌다. 달샘이 얼결에 손으로 잡아보니 벌레 모양으로 뭉친 머리카락이었다.

"얼, 안 놀라네? 담엔 말 놓기예여, 약속."

개미는 새끼손가락을 세우고 총총 사라졌다.

달샘은 감옥옥 침대에 몸을 던졌다. 눈물이 찔끔 났다.

"네년은 덕후의 자격이 없어."

개미와의 대화에 정신이 팔려 강륜의 콘서트 예매를 놓쳐버렸다. 문득 꿈집을 관두고픈 마음이 솟았다. 돈을 벌면 뭐 하나, 티켓팅이 끝났는데. 고양이와 비암의 텃세도 싫었다. 집에서 아버지에게 받던 멸시의 눈빛을 여기서까지.

"나 안 해."

코트를 걸치고 주머니에 칫솔을 찔렀다. 침실을 나서는 순간 인터폰이 울렸다.

"오늘 낯설었지?"

고실장이었다.

고생했다고, 오늘 하루는 호캉스 온 셈 치고 릴랙스하라며 냉장고를 열어보라 했다. 안에는 제대로 차가운 맥주 한 캔이 들어있었다.

달샘은 산몽가에게 금지된 술을 선악과처럼 달게 들이켰다. 지금 달샘에게 꼭 필요한 아이템이었다.

통화 후 고실장은 자택의 옥탑에서 포켓볼을 쳤다. 큐대에 초크 칠을 하다가, 벽에 드리운 자신의 그림자에게 중얼거렸다.

"이번 애는 야망이 없어서 편해. 저번 애는 부담스러웠는데, 이 애는 길들이기 쉽겠어."

두 개의 큐대로 번갈아가며 볼을 쳤다. 고실장이 담배 연기를 뿜자, 그림자의 입에서 말이 흘러나오는 듯했다.

- 길들인다니 가엾군.

고실장은 픽 웃었다.

"가엾긴, 하룻밤에 얼마를 버는데."

그는 위스키를 홀짝이고 다른 큐대를 잡았다.

2부

토요일 오후. 사랑채 응접실에 마담과 길몽가 개미, 흉몽가 고양이가 모였다.

이어서 고실장이 홍여사와 그녀의 아들을 데리고 들어왔다. 꿈집 VVIP 고객이자 B예술재단 이사장인 홍여사는 삶의 고비마다 산몽가들의 도움을 받았다. 특히 고양이와는 각별했다. 홍여사의 남편이 펀드매니저인데, 2년 전 고양이의 흉몽에 그가 등장한 적이 있었다. 그 꿈을 참고해 동업에서 발을 빼게 한 결과, 횡령의 피바람에서 홍여사의 남편만 살아남았다.

"우리 용석이예요. 핸섬하죠?"

홍여사가 아들의 팔짱을 꼈다. 국립대학에서 현대무용을 전공하는 용석은 2m에 가까운 장신이었다. 긴 머리에 와이드팬츠를 입어 사무라이 같았는데, 아이처럼 손톱을 물어뜯는 등 행동이 산만했다.

용석의 모스크바 무용 콩쿠르 출전을 앞두고 홍여사

가 불안을 호소했다. 콩쿠르 예선은 늘 가뿐히 통과하지만 본선마다 실수를 저질러 수상 경험이 없고, 이번에는 허리디스크 수술 후 첫 출전이라 더욱 승산이 없다고 했다.

"하지만 꼭 수상해야 해요. 그래야 군 면제가 되거든."

즉 수상을 위한 길몽을 장만하려는 것이었다.

고실장은 차를 음미하는 마담의 표정을 읽고, 대신 물었다.

"홍여사님, 콩쿠르가 언젭니까?"

"12월 첫 주요."

"한 달 남았군요. 좋습니다, 개미의 길몽을 드리지요. 마침 최신 재고가 있으니 살펴보고, 금주에 더 나은 신상이 나오면 연락드리겠습니다."

"제일 화려하고 비싼 꿈으로 주세요. 애 대학 갈 때도 개미님 덕을 봤으니 믿을게요. 그리고 고양이님도 도와줘요. 실은 우리 애가 작년 콩쿠르 때 쓰러졌거든요. 한두 번 서는 무대도 아닌데 호흡곤란이 와서 얼마나 놀랐던지. 그러니 고양이님, 흉조가 보이면 알려줘요. 그럼 내가 대안을 찾아볼게, 응?"

국가대표라면 모를까, 평범한 대학생에게 정예가 둘

이나 붙는 건 과했다. 인력이 귀한 꿈집 사람들이 말을 아끼자 홍여사가 보챘다.

"돈은 얼마든 부르세요."

"그런 말은 삼갑시다."

마담이 찻잔을 놓으며 말했다.

"값을 떠나 좋은 꿈을 바라시듯 우리도 좋은 손님을 기다립니다. 고려할 시간은 주셔야지요."

"죄송합니다, 마담. 이 애 몸이 보통 몸이 아니어서요."

용석은 못 참겠다는 듯 벌떡 일어났다. 욱해서 나갈 기세더니 문지방을 못 넘고 뜰만 내다보았다.

"스무 해 가까이 저 몸에 수억을 부었어요. 다시 하라면 못해요. 식단도 연습도 얼마나 혹독했는지. 군대 가면 저 몸이 흐트러질 텐데 그것만은……"

마담의 시선이 현무암처럼 거친 용석의 맨발에 꽂혔다. 마담으로선 가져보지 못한 것이었다.

피곤해, 고양이는 생각했다. PGA 투어에서 우승한 골퍼, 칸에 초청된 영화감독, 자산운용사 대표, 변호사 출신 정치인 등 은밀히 케어 중인 거물급 고객만 서른 명이 넘었다. 그들의 암초가 고양이의 예지몽에 드러나려면, 고양이가 그들의 업무와 개인사를 사전에 숙지해야 했다. 기존 고객만으로도 벅차서 용석 같은 애송이는 눈에 들어오지 않았다. 그러나 마담은 결국 용석에게 개미와 고양이를 다 붙여주기로 결정했다. 고양이는 짜증을 감추며 싹싹하게 말했다.

"그럼 홍여사님, 아드님이랑 따로 티타임 좀 가질게요. 제가 용석님에 대해 잘 알수록 좋으니까요."

"난 할 얘기 없는데. 뭐, 점 보는 거예요?"

용석의 시비조에 개미가 넉살스레 껴들었다.

"에구, 형님. 점이라니여. 저는 크리스천인데여."

"저는 불교고요. 가실까요?"

고양이와 상담실로 간 용석은 다과용 떡을 허겁지겁 먹다 문득 고양이를 노려봤다. 고양이는 차분히 차를 따랐다.

"제가 먹은 걸로 할게요. 나갈 때 입가의 기름만 닦아주세요."

"몇 살이에요?"

"몇 살로 보여요?"

"나보단 삭은 듯."

"맞아요. 용석님은 어디서 태어났어요?"

"청담. 왜요?"

"분위기가 이국적이시길래. 모스크바는 초행이세요?"

고양이의 산뜻한 목소리와 깨끗한 로션 향에 용석은 은근한 호감을 느꼈다. 둘은 집의 위치, 학교, 연습 스케줄부터 허리디스크와 무대 공포증까지 이야기했다. 경계를 푼 용석은 오이 알레르기와 구여친에 대한 미련마저 실토했다. 경쟁자가 있냐는 질문에는 한숨부터 쉬었다.

"친한 동기도 콩쿠르에 나가요. 근데 걔랑 같은 대회에 나가면 꼭 걔는 수상하고 난 다쳐요. 경쟁자이자, 징크스죠."

용석은 흉몽을 꾸거든 엄마한테만 말하고 자기 귀에는 안 들리게 하라고 강조했다.

"약속해요. 불길한 소릴 들으면 때려치우고 싶다고요."

그와 새끼손가락을 걸면서 고양이는 성인 ADHD를 의심했다. 엄마와 분리되자 용석은 턱을 돌리는 틱 증세를 보였다. 게다가 실력 부족을 징크스로 받아들이다니, 멋없는 손님이었다.

응접실로 돌아가자 개미가 알랑거렸다.

"용석 형님, 같이 셀카 찍어여. 우리가 세계적인 무용가와 배우가 되면 기념비적인 사진이 될 거예여."

찰칵대는 사내애들 옆에서 홍여사는 고실장에게 아들의 연습 영상이 담긴 USB를 건넸다.

밤에 폭우가 내렸다.

개미는 성북동 집에서 《에덴의 동쪽》을 감상했다.

"Do you think I'm bad?"

제임스 딘의 대사를 홀린 듯 따라 했다. 벽에는 영화 포스터와 십자가, 드림캐처가 가득했다. 침대 머리맡만 비워둔 건 풍수지리상 꿈의 통로이기 때문. 민간신앙을 퍽 의식하는 크리스천이었다.

"아들?"

개미의 엄마가 쟁반을 들고 왔다. 그녀는 카펫에 앉아 멜론을 턱턱 썰었다.

"화질이 왜 저런대?"

"옛날 영화니깐."

"옛날 영화도 요즘 TV로 틀면 쌩쌩해야지. 새 TV 사줘?"

"노 땡스. 내가 엄마보다 더 벌음."

"엄만 올드머니가 많잖아."

아들의 입에 멜론을 넣어주며 연기와 꿈 장사 중 뭐가 더 즐겁냐고 물었다. 개미는 다 좋았다. 연기는 내가 빛나고, 꿈은 손님을 빛내주니까.

"학교는 다닐 만하고?"

"그러엄."

"담에 친구들 데려와. 랍스터 쪄줄게."

멜론 껍질이 수북한 쟁반을 들고 엄마는 살랑살랑 나갔다.

개미는 오디션 연습을 하려 일어섰다. 제임스 딘을 보다 거울을 들여다보니 참 하찮았다. 뿌리 염색도 시급했다. 노르웨이인 아버지로부터 금발과 푸른 눈동자를 받은 개미는 보름마다 머리와 눈썹을 검게 물들이곤 했다.

"심란해라."

이번 오디션도 탈락의 촉이 왔다. 개미의 꿈을 산 손님들은 황금기를 맞이하건만 정작 개미는 낙방률 100%였다. 인중에 메기처럼 긴 수염이 돋아나는 꿈, 풀내음이 진한 월계관을 쓰는 꿈, 강에서 뜰채로 사금을 모으는 꿈 등 아름다운 길몽 몇 편을 자기 몫으로 간직했으나 발복의 기미가 없었다.

"중이 제 머리 못 깎는다더니. 에구, 크리스천이 이런 말하면 못 쓰는데."

대사를 외우다가, 휴대폰으로 용석과 찍은 사진을 봤

다. 한 번도 주인공이 되지 못한 용석을 이해할 수 있었
다. 이왕이면 신선한 꿈을 주고 싶어 불을 끄고 손을 모
았다.

"주여, 복된 꿈을 허락하소서."

쿠루룽, 천둥이 화답했다.

그 시간 고양이는 염주를 돌리고 있었다.

"나무대비관세음 원아조득월고해."

고양이의 성수동 오피스텔은 썰렁했다. 대학원에서
배우는 심리학 책들 외에는 잡동사니 하나 없었다. 옷
장에는 계절별 정장과 청바지 몇 벌뿐이고 립스틱도 딱
하나. 보기보다 짠순이였으며, 아낀 돈은 보육원에 기
부하는 낙으로 살았다.

다만 고양이의 침대만은 사치스러웠다. 특히 매트리스
는 브루나이 왕실에 납품되는 모델로 프랑스 리옹의 실
크와 족보가 있는 알파카의 털, 영국산 양모와 오스트리
아산 말총으로 장인이 수제작한 걸작이었다. 꿈집 감몽
옥의 침대가 벤츠라면 고양이의 것은 롤스로이스였다.

발트해의 찬바람을 맞으며 담대하게 자란 폴란드 거
위들이 털갈이할 때 흩날린 솜털을 주워 만든 이불에

앉아, 고양이는 유리창을 보았다. 을씨년스러운 야경보다 창에 붙여둔 용석의 마인드맵에 골몰하고 있었다. 이어폰으로는 용석과의 상담 녹취를 반복해서 들었다.

군 면제를 받고 싶어서 길몽을 사 가는 손님은 제법 많았다. 그러나 한 달에 천만 원 이상 드는 흉몽가까지 고용하다니, 가족이 없는 고양이로선 납득 불가였다.

"자식이 뭐라고."

손님의 안위와 자신의 실적을 위해 분발해야 하지만, 왠지 찜찜했다.

이 밤, 개미의 꿈에 용석이 등장했다. 첨탑처럼 뾰족한 나무들 사이로 오두막이 있었고 용석은 그 안에서 춤을 췄다. 바람이 불 때마다 오두막이 노파의 무릎뼈처럼 삐걱거렸다. 용석은 그 마찰음에 맞춰 독창적으로 움직였다. 휘어지고 구르고 튕기며, 멜로디 없이도 현란했다. 끼익, 널빤지 뒤틀리는 소리에 허리를 뒤로 꺾는 찰나 초인종이 울렸다. 나가 보니 세상에, 러시아 대통령 푸틴이었다.

"와, 반가워여!"

푸틴이 시원한 물이 담긴 금잔을 줘서 용석은 갈증을

해소했다. 두 남자는 악수하며 호탕하게 껄껄거렸다. 잠든 개미의 입꼬리에도 미소가 번졌다.

같은 밤 고양이도 용석의 꿈을 꿨다.

우거진 숲속 통나무집에서 용석이 춤을 췄다. 조명은 촛불 한 자루뿐이지만 그의 몸짓은 씩씩했다. 까다로운 스텝을 잘해내고, 점프도 힘찼다. 공연 후 숨을 고를 때, 큰바람이 집을 떠밀었다. 유리창이 깨지며 부엉이 세 마리가 들이닥쳤다. 놈들은 용석의 머리를 짓밟았다. 갈고리 같은 발톱이 두피에 파고들자 용석은 괴성을 질렀다. 꿈의 주인인 고양이는 무기력하게 지켜보며 비지땀을 쏟았다. 값비싼 매트리스 커버가 축축이 젖어들었다.

비슷하게 시작해 반대로 끝난 둘의 꿈에는 한 가지 차이가 더 있었다. 개미의 꿈이 총천연색인 반면 고양이는 흑백이었다. 과학자들은 흑백 TV를 보며 자란 노인들이 주로 흑백 꿈을 꾼다는데, 평창동에서 흑백 꿈은 흉몽가들의 몫이었다. 숱한 걱정으로 마음이 늙은 탓일까?

14

일요일, 정예산몽가들이 꿈집에 소집됐다. 개미와 고양이의 상반된 예지몽 때문이었다. 마담과 고실장, 정예들은 지하에서 용석의 연습 영상부터 감상했다.

용석의 독무는 선이 굵은, 고독의 의인화 같았다. 반면 친구들과의 군무는 자유로우며 경쾌했다. 춤을 사랑하는 달샘은 내적으로 열렬히 따라 췄다. 몸은 안 따라 줘도 마음만은 댄싱 퀸이었다.

개미가 어깨를 으쓱였다.

"제가 예술가 집안에서 자라 무용 좀 아는데, 역시 명문대 무용학도네여. 실수만 안 하면 수상 각임요."

"실수를 안 한 적이 없다잖아. 그리고 춤 문제가 아냐."

고양이는 불길하다며 출전 자체를 반대했다.

"냥이 누나 걱정 마여. 푸틴이 준 금잔이 트로피 모양이었다니까?"

"그럼 뭐 해, 부엉이가 덮쳤는데. 설마 부엉이 뜻도

몰라?"

"그만."

마담이 나섰다.

"고실장, 자네가 풀이하게."

"예, 마담. 우선……"

그는 눈을 감고 긴 휘파람을 불었다.

"둘 다 구체적인 예지몽입니다. 둘 다 배경이 숲의 오두막이며 이는 거처가 아닌 외딴곳, 즉 모스크바를 암시하지요. 여기서 개미는 세 가지 길조를 봤습니다. 대통령과 금잔, 그리고 힘찬 악수. 대통령의 방문은 큰 포상을, 금잔은 명예를, 잔에 담긴 냉수는 응어리가 풀릴 것을 뜻합니다. 악수는 계약 성사이고요. 저는 무용을 잘 모릅니다만 꿈만 보면 입상을 노릴 만합니다. 개미가 모처럼 큰 길몽을 가져왔군요."

고실장은 이어서 고양이에게 물었다.

"부엉이의 울음을 들은 게 사실이니?"

고양이가 퀭한 얼굴로 끄덕였다.

"그렇다면…… 고양이의 꿈에서 바람이 흉흉했으니 시비가 붙을 수 있습니다. 유리창이 깨져 도난 수가 있으며 부엉이가 머리를 밟았으니……"

차마 말을 잇지 못하자 마담이 마무리했다.

"사망 수가 있겠군."

정적이 흘렀다.

"가지 않게 말려주세요."

고양이는 간곡했다. 개미가 눈치를 살폈다.

"내 꿈이 받쳐줄 텐데."

"돈독 올랐니? 네 가족이면 보낼래?"

"조용."

마담이 손깍지를 꼈다. 옥반지들이 맞물려 단단한 소리가 났다.

"고양이 말대로 홍여사께 상황을 알리고 출전하지 않길 권할 것이다."

"감사합니다, 마담."

"다만 최종 선택은 고객의 몫이다. 우리가 앞날을 엿볼 순 있어도 대신 살아줄 수는 없기에."

"개미의 꿈 얘기를 안 하면요? 길몽 소식 들으면 홍여사님은 무조건 보낼 거예요. 하지만 안 돼요. 다들 제 흉몽을 못 보서서 그래요."

"손님께 꼭 맞는 길몽이 나온 이상 감출 순 없다. 이는 상도에 어긋나."

"마담, 제발요."

"네 뜻은 알겠다. 고실장, 차주까지는 홍여사께 연락 말게. 대신 작화가를 불러 아이들의 꿈을 스토리보드로 상세히 옮겨주게. 그걸 보며 다시 의논함세."

마담이 퇴장했다. 내내 꿔다 둔 보릿자루였던 달샘과 나비도 슬그머니 일어났다. 고양이가 긴 다리를 뻗어 달샘을 막았다.

"한마디도 안 보태네요? 꿈꾼 거 없어요?"

"어…… 죄송해요, 아직은요."

"투잡 뛰느라 바빠요? 떡 배달이라도 하시나?"

고양이는 달샘의 깁스에 붙은 환희떡집 스티커를 찍 떼어냈다. 붙은 줄도 몰랐던 달샘은 머쓱해졌다.

"적당히 해라."

고실장이 나섰다.

"동료의 사생활을 건들다니 프로가 되려면 멀었어. 고양이와 개미, 따라와."

달샘은 모자란 깡을 끌어내 고양이에게 눈을 흘겼다. 그리고 최대한 크게 웅얼거렸다.

"남이사, 흥."

주말이라 달샘은 감몽옥 대신 집으로 퇴근했다. 정말 모를 일이었다. 허구한 날 꾸던 꿈이 꿈집에 다니며 뚝 끊기다니.

집에 다가갈수록 수성동 계곡의 운치 있는 물소리가 들렸다. 떡집 앞에서는 성우가 서성거리고 있었다. 달샘은 피식 웃었다. 저렇게 공부 잘하는 사람과 친해질 줄이야.

달샘과 할머니, 성우는 옥상에서 쟁반짜장을 시켜 먹었다. 성우가 맥주를 사 왔지만 달샘은 사양했다.

"지물포 사장님이 맞아요. 저 요새 꿈집 다녀서요. 산 몽가는 술, 담배, 커피, 야식, 과로랑 과격한 운동 금지래요."

"진짜? 어느 동네 꿈집?"

"평창동이요."

휴대폰이 울렸다. 인근 학교에서 단체 떡을 주문하고 싶다는데, 달샘은 아쉽게 거절했다. 성우가 물었다.

"수능 떡?"

"네, 완전 대목인데 아까비. 수능 떡은 학생들이 맛있게 먹어줘서 만드는 보람도 있거든요."

성우는 주머니에 손을 넣었다. 전에 주웠던 달샘의

의치 두 개를 주사위처럼 슬슬 굴렸다.

"그럼 달샘아, 내가 좀 도와줄까?"

떡집 딸의 손맛은 못 따라가도 레시피를 알려주면 달샘의 오른팔이 되어보겠다 했다. 달샘에겐 뜻밖이었다.

"쌤이 왜요?"

성우는 쑥스럽게 고백했다.

"너네 떡…… 감촉이 좋더라. 주무르다 보면 마음이 평화로워진달까."

달샘은 턱을 들고 와하하 웃었다.

"슬라임 같죠? 뭘 좀 아시네. 떡 맛은 알아도 손맛은 모르는 사람이 허다한데. 진짜 도와주실래요? 두 학교에는 저도 납품하고 싶어서요. 방금 전화 온 데랑 모교요. 둘 다 우리 복떡 먹고 시험장 가는 게 전통이거든요."

"좋아. 수량은?"

"천 개쯤 될 거예요."

"해보자."

"고마워요, 쌤. 그럼 반죽 위주로 도와주세요. 내가 앙금 찔게요."

둘은 할머니가 남긴 탕수육을 신나게 해치웠다.

15

꿈을 판 덕에 달샘은 현금 부자였다. 그래서 수능 떡을 예약한 두 학교에 올해는 부모님의 떡 맛을 똑같이 내기 어려우니 값을 깎아주겠다고 먼저 말할 수 있었다. 성우에게 금일봉을 쏠 수 있어 좋았고, 곽명수 석장의 기계식 돌절구까지 설치되자 든든했다.

떡과 막걸리로 새 절구의 고사부터 지냈다. 죽염 물로 절구를 헹군 다음 두툼한 반죽 한 덩이를 눌러 티끌을 제거했다. 호두를 넉넉히 채우고 공이를 가동해 견과류 기름도 먹였다.

떡은 복을 비는 음식이지만 체하기 쉬웠다. 안전을 위해 학생들에게는 수능 일주일 전에 배식될 예정이었다.

달샘은 며칠간 성우에게 떡 만드는 법을 속성으로 전수했다. 납품 전날에는 꿈집에 휴가를 내고 단호박부터 씻었다. 깡마른 성우는 쌀자루와 주물 냄비를 나름 요령껏 들었다. 동선도 효율적으로 움직였다.

밤 9시부터 성우가 본격적으로 떡을 빚었다. 달샘은 식힌 떡을 포장기계에 돌리고 종이 케이스에 담았다. 라디오에서 강륜의 신곡 <자세히 오래>가 흘러나오자 달샘은 싱글벙글이었다.

"쌤, 이 노래 강륜의 첫 자작곡이에요. 나태주 시인의 시 <풀꽃>의 오마주 송이래요."

"자세히 봐야 예쁘고, 오래 봐야 사랑스럽다는 그 시?"

"맞아요."

웬일로 오토튠 없이, 강륜은 어쿠스틱 기타 반주에 맞춰 변성기 소년처럼 조심조심 노래했다. 가만히 듣던 성우가 중얼거렸다.

"잘은 못 부르는구나."

달샘은 허허 웃었다.

"그치만 제목처럼 자세히 오래 듣다 보면 좋아요. 원래 아이돌은 차근차근 크는 거 보는 맛이죠."

성우는 끄덕이며 주위를 둘러보았다.

"어쩌면 공간도. 차곡차곡 세월을 담는 맛이 있지."

둘 다 손을 조금씩 데었지만 밤샘 끝에 아침에는 예쁜 떡들이 완성됐다. 배달은 성우의 낡은 무쏘를 빌리기로 했다.

"어디 보자. M여고, S고교."

떡 상자에 학교 이름을 적다가 달샘은 개미의 교복을 떠올렸다.

"같이 가자. 너 혼자 못 들잖아."

"그럼 M여고부터 갈까요? S고교에 만날 사람이 있어서요."

"그래. 혹시 아기새?"

"하하, 아기새는 딴 학교예요. 가시죠."

달샘은 아기새를 잊고 지냈음을 깨닫고 조금 놀랐다.

배달 후 성우는 가고, 달샘만 S고교 급식실에 남았다. 시끌벅적 식사하는 남학생들 틈에서 개미를 금방 발견했다. 1학년 테이블에서 커다란 헤드폰을 쓴 채 혼자 밥 먹는 외톨이가 바로 개미였으니까. 달샘은 녀석에게 주려고 가져온 떡 보자기를 안고 멀찍이 서 있었다.

개미 뒤에 감자처럼 생긴 애가 앉아있었다. 감자는 너겟을 집어 먹던 손으로 뒤통수를 긁다 머리털을 뽑더니, 손끝으로 비벼서 개미에게 튕겼다. 전에 개미가 달샘에게 던졌던 가짜 벌레였다.

"야, 꿈돌이. 꿈 하나 줘봐. 형아 복권 사게."

개미는 돌아보지 않고 식판의 벌레를 골라냈다.

"야, 돈 낸다고. 씹냐?"

감자가 의자를 뻥뻥 차는 바람에 개미는 식사를 반도 못 하고 일어났다. 감자 패거리가 낄낄댔다.

"튀는 걸 보면 켕기는 거지. 그러게 21세기에 왜 약을 쳐!"

하교 시간, 개미는 헤드폰을 쓴 채 땅만 보며 교문을 빠져나갔다. 달샘은 조금 떨어져서 걸었다.

분식집 앞에서 고민하던 개미는, 그냥 지나쳤다. 대신 만둣집으로 들어갔다. 달샘도 망설이다 들어갔다.

"토끼 누나?"

"어, 개미군. 이런 우연이."

개미는 만둣국을 푹푹 떠먹으며 꿈집에서처럼 재잘 거렸다. 달샘은 야채호빵을 물고 끄덕였다.

개미의 예명은 곤충 개미가 아니었다. 열 개開에 눈썹 미眉, 눈썹 사이가 활짝 열리는 웃음을 의미했다. 개미 의 태몽은 이모가 꿔 줬는데, 광활한 하늘에 구름보다 거대한 미카엘 대천사의 미소가 걸렸다고 한다. 그리고 대천사의 양쪽 눈썹이 살짝 벌어지며 황금빛 햇살이 쏟아졌다고, 그런 환한 얼굴을 예로부터 개미앙월구開眉仰月口 상이라 부르기에 마담이 개미로 줄인 것이었다. 개미가 미간을 문질렀다.

"관상학에서 여기가 인당이여. 도장 인印에 집 당堂, 도장을 찍는 곳이니까 합격 도장을 받으려면 잘 관리해야져. 나처럼 인당이 깨끗하면 소년등과한대여. 그래서 내 손님들이 툭하면 합격인가 봄. 정작 난 물만 먹지만."

개미는 어제도 길몽을 두 편 꿨다고 했다.

"누난 여태 소식 없음?"

"응, 이런 적은 첨이에요. 잠이 얕아졌달까."

"말 놓으래두. 감몽옥에선 원래 그래여. 별명이 왜 감옥이겠어여."

녀석은 감몽옥에서의 수습 기간이 꿈집의 최종 압박 면접이라고 했다.

"양계장에 갇힌 닭 신세잖어. 그런 데서도 꿈을 잘 생산하나 보는 거져. 90%는 사나흘 만에 떨어져 나감요."

"실은 나도 숨 막혀. 누가 보는 것 같고. 설마 CCTV는 없겠지?"

"마담이랑 비암 쌤은 그런 거 없어도 꿈으로 다 보시던데."

"에이, 호그와트도 아니고."

"진짜임."

"만일 감몽옥에서 꿈을 하나도 못 꾸면 어떻게 돼?"

"해고져. 마담이랑 고실장님은 실망시키면 얄짤없어여. 나비 누님도 요즘 간당간당한데 비암 쌤이 예뻐해서 그 빽으로 버티는 거래여."

달샘은 해고는 괜찮지만 마담과 고실장을 실망시키긴 싫었다. 달샘을 알아봐 준 사람들이니까.

"그러고 보면 꿈집 보스는 마담이지만, 이인자는 비암 쌤인지 고실장님인지 헷갈린단 말이져. 두 분 다 꿈집에 애착이 큰데⋯⋯ 비암 쌤이 산몽가 부심이 있다면, 고실장님은 꿈집을 고급화하려는 것 같아여. 두 분다 강성이라 그분들 컨트롤하는 마담이 최고져. 것도 반쪽짜리 몸으로, 진짜 여장부이심."

"반쪽짜리 몸?"

"다리가 없으시잖아여. 몰랐어여?"

달샘은 뒷목이 서늘해졌다.

"한복 치마 입으시잖아."

"응, 그 속이 비었음. 치마 아래로 신발 본 적 있어여? 없져?"

달샘은 벙쪘다.

"관심 좀 가져여. 고실장님이랑 무연 누나가 괜히 마담 보필하는 게 아님요. 휠체어로 못 다니는 길에선 고실장님이 마담을 업어드리더라고여. 하여간 두 분도 참."

달샘은 자신이 모르는 게 또 있는 듯해 눈을 치켰다.

"아니, 마담이랑 고실장님은 사이가 좋은 건지 나쁜 건지 모르겠어여. 서로 살가운 구석이 없는데, 늘 동고동락하심."

달샘은 호빵을 쥔 채 멍해졌다.

16

밤새 수능 떡을 만든 피로가 뒤늦게 몰려왔다. 개미와 헤어져 집에 간 달샘은 할머니 옆에 엎드렸다. 꿈집에서 월동 선물로 준 고급 매트리스와 이불, 베개, 실크 파자마에 묻혀 곤히 자는 할머니 얼굴. 바라보다 마담을 떠올렸다. 마담의 텅 빈 치마, 마담을 업고 걸어가는 고실장. 혼자가 아닌 둘이어도 좀 적적한 그림이었다.

할머니 손등의 저승꽃을 눌러보다, 불을 끄고 코트를 걸쳤다. 코트의 후드를 당겨 쓰고 정류장으로 향했다. 하루 새 푸석해져 퇴근하는 사람들 사이로 혼자만 출근하는 게 괜히 조금 쓸쓸했다.

감몽옥 침대에서 휴대폰으로 '길몽 꾸는 법'을 검색했다. 신사동의 트렌디한 꿈집 '히프노스'의 홍보 영상이 눈에 띄었다. 거긴 애정 길몽 전문점으로, 결혼정보회사와 컬래버레이션한 '맞선 3회 + 혼사 길몽 1편' 패키지가 베스트셀러였다. 스타 산몽가인 히프노스 CEO

는 길몽을 꾸는 노하우로 '청결'을 꼽았다.

"우리 몸은 기氣가 흐르는 파이프예요. 막힌 데가 없도록 모든 구멍을 닦고 주무세요. 기의 선순환이 길몽을 낳습니다."

달샘은 영상대로 목구멍을 가글하고, 콧구멍과 귓구멍을 면봉으로 닦았다. 오른쪽 귀에서 뭐가 달그락거려 고개를 기울이자 흰쌀이 와르르 쏟아졌다.

"아이고?"

윤기 흐르는 햅쌀이었다.

"풍년이구만."

반대쪽 귀도 털어보았다. 소리는 나는데 나오질 않아 귓불을 세게 흔들자 귀가 뚝 떨어졌다. 귀는 순식간에 마른미역처럼 까맣게 썩었다.

번쩍 깨어났다. 앞이 컴컴해 순간 어딘가 싶었다.

"아, 감몽옥."

휴대폰을 보니 새벽 4시. 아까 밤 10시쯤 고실장에게 부재중 전화가 몇 통 와있었다. 달샘이 휴대폰 전원을 껐는지 체크하려는 의도였을 것이다. 잘 때는 휴대폰 전원을 꼭 끄라고 그가 여러 번 말했는데.

이제라도 끄려다가, 휴대폰 빛에 의지해 《해몽백서》

를 펼쳤다. 찾아보니 경청의 도구인 '귀'는 꿈의 세계에서 '인연'을 상징했다. 귀에서 쌀이 쏟아지는 건 귀인 덕에 가정이 풍요로워질 길조. 그러나 귀가 떨어지는 건 불화를 경고하는 흉조였다.

"반흉반길이구만."

시무룩하게 일기장을 펼쳐 꿈을 기록했다.

8시가 되자 인터폰 대신 다시 휴대폰이 울렸다.

"전화를 끄는 게 어려운 일인가?"

고실장은 전보다 냉담했다.

"죄송해요, 실장님."

"꿈은, 또 무소식?"

시니컬한 어조에 달샘은 방어적으로 거짓말을 뱉었다.

"아뇨, 오늘은 한 건 했습니다."

17

꿈 장사가 쉽지 않은 건, 달걀 같기 때문이다. 신선도도 중하지만 조금이라도 깨지면 팔 수 없듯 길몽도 옥에 티가 섞이면 상품 가치가 떨어져 판매하지 않았다.

달샘의 길몽 소식에 마담은 내심 설레었다. 달샘의 옥황상제 꿈을 사고 새 눈을 얻었으니까. 비록 꿈길까지 트이진 못했지만, 어쨌거나 달샘의 새 꿈으로 다른 누군가가 도움을 받을 수도 있는 것이었다.

마담 곁에는 선글라스를 쓴 비암이 앉아있었다. 괴짜인 그는 어린 것들이 싫다며 발길이 뜸하더니 오늘은 달샘이 길몽을 꾼 걸 어찌 알고 아침부터 찾아와 마담과 함께 기다리는 중이었다.

고실장과 달샘이 회의실에 왔다.

"비암 선생님도 계셨군요? 자, 드디어 옥토의 신상이 나왔습니다. 글쎄, 귀에서 쌀이 났다네요."

고실장이 거짓말 탐지용 케이블을 붙이려 하자 달샘

이 흠칫 물러섰다.

"이걸 매번 하나요?"

마담은 귀를 의심했다. 달샘의 목소리가 탁해졌다. 별안간 비암이 벌떡 일어나 달샘에게 불호령을 내렸다.

"네 이년, 감히 어디서 눈속임을!"

비암은 달샘의 꿈 일기장을 펼쳐 쿡쿡 찔렀다.

"이 봐. 찢어낸 흔적이 있지? 내 간밤에 꿈으로 보았다고!"

"어르신, 이건 꿈 일기장입니다. 무슨 문제라도……"

"글 말고 찢은 자국을 보라고, 등신 놈아!"

비암은 폭발하여 선글라스를 벗고 모두를 노려보았다. 달샘은 다리가 풀려 주저앉았다. 비암은 외눈이었다. 부릅뜬 눈이 하나이고 다른 쪽은 움푹 함몰된 구멍뿐이었다.

"고실장아, 이년을 네가 들였지? 변변한 잡몽 하나 못 꾸는 얼뜨기라도 꿈밥 얻어먹은 세월이 있으면 옥석은 가려야지, 몽매한 놈!"

"목소리 낮추시지요."

마담은 짐짓 여유로웠다. 그 여유는 미래에 대한 실낱같은 희망마저 버린 대가로 얻은 것이었으나 달샘과 고실장, 비암에게는 대 산몽가의 아우라로 느껴졌다.

달샘은 CCTV 없이 꿈으로 다 본다던 개미의 말을 떠올리며 덜덜 떨었다. 새벽에 꿈 일기를 썼던 달샘은 고실장의 모닝콜을 받은 후, 흉몽 부분을 없애려 일기를 찢어내고 길조만 새로 적었던 것이다. 달샘은 깁스를 안 한 왼손으로 싹싹 빌었다.

"제가 거짓말했어요, 죄송합니다!"

"닥쳐라, 야바위년!"

비암이 양뿔 지팡이로 달샘의 얼굴을 쳤다.

"폭력은 안 됩니다. 옥토! 썩 나가."

마담이 명령했다. 달샘은 눈물범벅이 되어 소라게처럼 기어나갔다.

"조상님, 어찌 저런 우환을! 전만치 성한 꿈은 못 꿔도 저년이 꿈집 말아먹는 환시는 똑똑히 보았다고. 암만!"

"어르신, 그 꿈을 들려주시겠습니까."

"고실장, 자네도 나가게."

마담의 눈동자가 총구처럼 고실장을 겨눴다.

"썩."

마담은 고실장이 더 괘씸했다. 50년 차 해몽가가 신참의 수작을 모를 리 없었다.

고실장이 나가자 비암이 마담을 채근했다.

"말 좀 해보오. 마담도 무슨 꿈인들 꿨을 거 아니오?"

마담은 잠자코 차를 따랐다.

달샘이 잠정적 솜뭉치임은 마담과 고실장만 알고 있었다. 그리고 비암은 꿈으로 달샘의 의뭉스러운 면을 보았을 터. 저만큼 격앙된 걸 보면 달샘으로 인해 큰일이 생길지 모른다고, 그 일이 피눈물을 부를 수도 있겠다고 마담은 생각했다.

"내 꿈이 어떠했냐면."

"우선 드시지요."

찻잔을 건넸다. 비암은 바싹 타는 입을 축였다.

"선생님의 꿈 얘기는 듣지 않으렵니다."

"뭐이?"

"반대하셔도 옥토를 내보내지 않을 겁니다."

발밑까지 다가온 운명을 마담은 거스를 생각이 없었다. 뭐든 받아들일 준비는 되어있었다.

게다가 그간 마담 밑에서 일했던 이천여 명의 산몽가들 중, 아끼던 몇을 비암 때문에 잃었다. 정예로 뽑힌 자가 마음에 안 들면 지금처럼 깽판 치기 일쑤였다.

"이번에는 안 내보냅니다. 왜 신참들을 못 잡아먹어

안달이십니까?"

비암이 찻잔을 탕 놓았다.

"솜뭉치면 어쩌려고!"

"예?"

"옥토년이 솜뭉치면 어쩌려고! 그간은 내가 과했다 쳐도, 이번엔 참말로 불길하단 말이오."

마담은 실소했다. 저 양반 아직 창창하군.

"옥토년이 마담을 해치면 어쩔 게요? 그럼 꿈집은 또 어쩌고?"

폐점 계획도 고실장만 알고 있었다. 비암에게 알리지 않은 건, 예지력을 지닌 비암이 더 위협적인 인물이기 때문이었다.

"어차피 사양 산업입니다. 공들인 가업이지만 시류에 부합하지도 이롭지도 않아요."

"이롭지 않다?"

"이런 이야기를 들었습니다. 세계의 부호 사백 명 중 6할 이상이 자수성가형이라고 합니다. 그 사백 명 중 한국인은 다섯 명뿐인데, 이들은 모두 상속형 부호랍니다. 선생님, 이 땅에서는 신분 세습이 날로 심해지고 있어요. 노력은 무용하고 기댈 것이라곤 운뿐이지요. 부모 잘 만나는 천운이 아니면 잘되어봐야 서민이란 말입니다."

마담은 숨을 가다듬었다.

"다들 운에 목마르다 보니, 꿈값이 너무 올랐습니다. 우리 꿈집의 책임도 있습니다. 이제 손님들은 비싼 꿈이라야 효능이 있다 믿고, 가진 자들은 자꾸만 제게 큰돈을 내밉니다. 그들은 이미 천운을 타고났음에도 불구하고요. 가진 자들의 뱃살을 불려주는 일에 회의를 느낍니다."

"그런 식으로 폄하하면 맘이 편하오?"

비암의 외눈이 일그러졌다.

"마포대교에서 어정대던 신불자들이 마담의 꿈을 헐값에 받아 기사회생하는 걸 여러 번 보았소. 천하의 추남이 나비의 길몽으로 천사 같은 짝을 만나 눈꼴시게 잘사는 것도 보았지. 경몽으로 건물 붕괴를 미리 보고, 경찰에게 미친놈 소리 들어가며 참사를 막으려 했던 나는 어떻고? 나는 우리의 꿈들이 대접받아 마땅하다 보오. 암만 마담이라도 산몽가를 부자 따까리 취급하는 건 참을 수 없지."

회의실 공기가 팽팽히 켕겼다. 마담은 손깍지를 꼈다.

"글쎄요. 지금까지는 제가, 그리고 비암 선생님이 계시니 따까리 신세는 면했지요. 하지만 우리가 떠나면요? 애석하게도 꿈집을 믿고 맡길 후대가 없습니다."

"그래서 꿈집이 망하는 걸 손 놓고 보시겠다?"

비암이 분한 듯 씨근덕댔다. 마담은 긴가민가했다. 마담이 예지력을 잃었음을 비암이 모르는지, 모르는 척하는 건지. 만일 모른다면 비암도 노화로 인하여 능력이 소진된 것일 테고, 모르는 척이라면…… 희박한 확률로 비암과 고실장이 한패일 소지가 있었다. 기이할 만큼 꿈집에 집착하는 두 사람이기에. 그렇다면 방금의 해프닝도 짜고 친 연극일 수도. 마담은 등줄기를 곧게 폈다.

"보고만 있지 않을 겁니다. 내 손으로 정리할 겁니다."

비암의 외눈이 커졌다.

"왜들 착각하십니까? 우리 꿈집이 아니라 제 꿈집입니다. 훈수는 거두시지요."

비암은 어깨를 털썩 늘어뜨렸다.

"허, 알았소. 이제 알아들었소. 그럼 잘해보오. 혼자 힘으로 어찌하나 두고 보지. 이 늙은 동료의 손을 뿌리쳤으니 나도 뒷짐 지고 꼼짝 않겠소. 훗날 울어도 소용없을 게요."

새 저주라도 내리듯 못 박고는 회의실을 나섰다.

바닥에 비암의 지팡이가 널브러져 있었다. 손을 뻗어 주우려던 마담은 휠체어에서 굴러떨어졌다. 밖에서 귀 기울이고 있던 무연이 달려왔다.

"보지 마라."

마담의 손짓에 무연은 입술을 깨물며 돌아섰다.

마담이 무연을 곁에 둔 건 어느 손님이 마담을 내동댕이쳤던 날, 손님의 수행원이었던 무연이 저도 모르게 마담부터 보호했기 때문이었다. 그 손님에게 해고된 무연을 고용하면서 마담은 딱 하나만 당부했었다.

"다시는 내가 바닥에서 구르지 않게 해다오."

약속을 못 지킨 무연은 착잡했다.

비암은 아직 지하 복도였다. 암적색 벽에 걸린 계수나무 수묵화가 지난밤 꿈에도 등장했더랬다. 꿈에서 흰 방에 갇힌 달샘이 뭔가를 끼적이다 찢어내고 다시 썼다. 그새 배경이 적색으로 물들고 달샘의 공책은 이 수묵화로 변신했다. 달샘이 손댈수록 수묵화는 검게 그을었다. 환한 불이 아닌 매캐한 연기 기둥이 치솟아 결국 꿈집을 회색 잿더미로 무너뜨렸다.

"주인이라는 작자가⋯⋯"

비암은 뱉어줄 심보로 가래 덩어리를 끌어 올렸다. 그때 회의실 문이 열리고, 휠체어에 앉은 마담이 미끄러지듯 다가왔다.

"선생님, 또 뵙겠습니다. 댁에만 계시면 답답지 않습니까."

지팡이를 내밀었다. 오늘도 화려한 연두색 한복을 입고, 속이 빈 치마를 한껏 부풀려 장애를 감춘 마담이었다.

"난 그저⋯⋯ 옘병. 내 흉몽이 어긋나기만을 바랄 따름이오. 부디 몸조심하시오, 마담."

비암은 지팡이를 낚아채 절뚝절뚝 멀어졌다. 마담은 빈집에 남은 고목처럼 한자리에 머물렀다.

"꿈집보다 나를 귀하게 여기셨군."

18

자기혐오에 빠진 달샘은 옥인동으로 뛰어갔다.

남편이면 이혼할 텐데, 친구라면 절교할 텐데. 자기 자신과는 헤어질 길이 없어 비참했다. 쇼윈도에 비친 스스로를 보고 눈물이 터졌다. 땅딸막한 게 하는 짓도 구려! 비암에게 맞아 임시 앞니가 또 빠져나가 더욱 흉했다. 설상가상 집 앞에 가장 두려운 사람이 서 있었다.

"아, 아부지!"

아버지는 다짜고짜 가게로 끌고 들어갔다.

"지물포한테 들었다. 떡집을 줬더니, 꿈집에 다녀?"

달샘은 무릎 꿇고 한 손으로 마구 빌었다.

"잘못했셔요. 떡 만들고 싶은데 다쳐서, 죄송해요!"

"시끄러! 제주로 내려갈 준비나 해."

"제주요?"

"혼자 두면 사고밖에 더 치냐? 당장 짐 싸. 할머니 것까지 싹!"

"싫다, 이놈아!"

박력 있게 거부한 건 할머니였다. 갑갑하다고 안 쓰던 보청기를 귀에 꽂고서 꼬부장하게 서 있었다.

"난 사대문 안에서 살고 싶단 말이다. 느이 내려가고 속 시원했는데 왜 또 나타나 애를 볶아?"

"그럼 딸한테 꿈쟁이 돼라 부추길까요? 그것이 알고 싶다 보셨잖아요. 꿈쟁이들 사기꾼 취급 당하는 거!"

"야는 사기가 아니라 진짜 같던디?"

"그게 중합니까? 이러다 얘 제 꼴 나요."

"네 꼴이 어때서."

"소박맞았잖아요!"

"그러니 얼마나 복 있냐. 첫 색시랑 깨진 덕에 지금 색시랑 깨 볶고 살잖냐. 남들은 한 번도 어려운 장가 두 번이나 가놓고 왜 쓰라린 척이여?"

"엄니도 쓰라렸잖아요. 엄니도 꿈 팔다 소박 맞았잖아요!"

"그러니 얼마나 고맙냐? 똥 같은 놈이랑 갈라선 덕에 자유롭게 꿈 팔아 좋았다. 덕분에 땅도 사고 호박도 기르고."

"나나 잘 기르시지. 아부지 없어 서러웠다고요."

"똥을 아비라고 붙여두고 싶디? 원, 욕심도 많다."

"애비 없는 놈이 엄마도 꿈쟁이라 놀림당했어요."

"그렇게 맺힌 게 많음서 왜 어미 따라 꿈 팔았다냐?"

"재주가 그뿐인걸요. 그래도 엄니보단 빨리 손 뗐잖아요."

아버지가 닭똥 같은 눈물을 흘렸다. 달샘은 쏟아지는 TMI에 식겁했다.

"우리도 샨몽가 집안이에요?"

"넌 빠져! 암튼 저는 애 꿈쟁이 안 시킵니다."

"지가 언제부터 쟈를 챙겼다고."

"엄니!"

"왜 자꾸 불러? 자식이 다섯인데 꿈쟁이 하나 안 나올 줄 알았냐? 애 좀 냅둬라. 애비라고 거들먹대지 말고, 나가!"

할머니가 아들을 낑낑 밀쳤지만 역부족이었다. 달샘도 나서서 할머니와 함께 아버지를 떠밀치고 문을 잠갔다. 이 집 보증금 빼버릴 거라는 아버지의 발악이 골목을 뒤흔들었다.

밤에 달샘은 떡집 앞 벤치에서 코를 훔쳤다. 자박, 자박,

익숙한 걸음에 고개를 들어보니 오랜만에 아기새였다.

"어, 왔셔요?"

앞니 빠진 입부터 가렸다. 어두워서 다행이었다.

"누나 요즘은 떡 안 파시네요."

"미안요. 샤정이 생겨셔."

"가게가 맨날 닫혀있길래 요즘은 편의점에서 떡 사
먹어요."

달샘은 좀 부끄러웠다. 아기새에게 떡을 주려고 서울
에 남아놓고 일을 엉뚱하게 키워버렸다. 아기새는 다소
곳이 말했다.

"누나, 저번에 나한테 판 꿈이요. 혹시 환불돼요? 우리
하숙집 아주머니가 큰일 앞두고 꿈 함부로 사는 거 아니
래요. 그 얘길 들으니 찜찜해서요. 대학은 어차피 수시
면접을 잘 봐서 수능 최저 등급만 맞추면 되거든요."

"아, 면접 잘 봤구나. 다행이에요."

달샘은 꿈값 3천 원을 주섬주섬 돌려줬다.

"땡큐, 누나."

멀어지는 아기새에게 손을 흔들다가, 작게 속삭였다.

"아기새 파이팅."

언제 봐도 오목눈이처럼 귀여운 손님이었다. 그래서

친해지고 싶었는데 너무 들이댔던 걸까.

어쨌거나 아기새에게 팔았던 인왕산 화재 꿈이 달샘에게 돌아왔다. 달샘은 꿈에서처럼 인왕산을 올려다보았다.

"큰불이었지."

눈을 감고 상상으로 촛불을 켰다. 그간 너무…… 깜깜하게 지냈다. 생각도 않고, 먹고 자고 일하면서 흐르는 대로. 눈치 주면 고스란히 눈치 보고 누가 근사하면 남몰래 동경하면서.

그런데 이번에는 흐름에 따를 수가 없었다. 아기새를 전처럼 자주 볼 수 없대도 옥인동에 남고 싶었다. 이유는 알 수 없었다.

19

잠 못 이루던 고실장은 새벽에 부암동 자택을 빠져나왔다. 그리고 여의도호텔에 체크인했다. 꿈집이나 집에서는 긴장이 돼서, 쉬고 싶을 때 찾는 곳이었다. 간혹 아내 민수연이 카드 내역을 들춰내 외도라고 확신하며 난폭하게 굴었지만, 그는 동굴이 필요할 뿐이었다.

아직 해가 뜨기 전, 창 너머 검은 한강 물에 눈길을 두었다. 어제 일이 계속 떠올랐다.

전날 비암이 난리 쳐 달샘과 고실장이 쫓겨난 후, 반포 최사모에게서 전화가 왔다.

"고실장님, 옥토 꿈 하나 더 살 수 있어요? 아니, 두개 더."

"무슨 일 있으세요?"

최사모가 목소리를 낮췄다.

"비밀인데…… 대영그룹 임회장님 알죠? 실은 임회

장님이 우리 둘째 딸 시할아버님 되실 분이에요."

"아, 저런."

굴지의 대영그룹 임회장은 3년째 투병 중이라 이제 언론에서도 그의 모습을 보기 어려웠다.

"곧 뉴스 뜰 거예요. 임회장님 퇴원하신대요."

"예?"

"사부인 통해 임회장님께 옥토의 길몽을 보냈거든요. 꿈이 싸길래 약발이 들까 싶었는데, 웬걸. 누워만 계시던 분이 똑바로 앉아 신문 보시고 직접 귤도 까 드셨다네? 우리 사부인 놀라서 울고, 나도 놀라 기절할 뻔했잖아요."

통화하며 고실장은 달샘의 꿈 일기장을 집었다. 이 낡은 공책의 가치가 어쩌면…… 마담의 지시대로 달샘의 유통기한 임박 꿈들을 온라인 샵에 올리려던 그는 랩톱을 닫았다.

최사모는 오지랖이 넓었다.

"그래서 옥토의 꿈을 또 선물하고 싶어요. 우리 교회 권사님이 딸 땜에 골치더라고."

"아시다시피 산몽가를 지정하는 것보다 매수자의 상황에 맞는 꿈을 처방해야 효과적입니다."

"아이참, 난 옥토가 좋은데. 그럼 권사님 딸을 보낼까요? 실장님이 상담 좀 해줘요. 내 딸 같아서 그래."

문득 고실장은 최사모가 자신을 위한 큰 꿈을 산 적이 없음을 깨달았다. 그러고 보면 대부분 본인 몫으로 떨이 길몽을 사고 선물용으로는 고가를 골랐다. 주위의 행복이 내 행복이 될 수 있음을 잘 모르는 고실장으로선 이런 소비를 이해할 수 없었다.

전화를 끊고 몇 시간 후, 잠시 부슬비가 내렸다. 최사모가 말했던 권사의 딸이 우산을 쓰고 홀로 찾아왔다.

"최사모님 소개로 오셨죠?"

"네…… 운이 필요해서요. 아주 강력한 길몽을 사고 싶어요."

뼈가 도드라진 몸, 갈색 피부. 좀비 같은 여자였다.

상담실에서 계화차를 건네자 여자가 추운 듯 잔을 감쌌다. 야윈 손이 고실장의 아내와 비슷했다.

"어떤 운이 필요하시죠?"

"총체적 난국이라. 실연, 실직, 공황장애도 있고요."

"고생하셨군요. 그렇다면."

아이패드로 정예산몽가 리스트를 띄웠다.

"중요한 손님께만 보여드리는 겁니다. 우선 재물운은

마담이 으뜸입니다만, 개인 사정으로 잠시 쉬고 계시죠. 혹시 미혼이십니까?"

"네에."

"천생연분을 만나려면 나비를 추천 드려요. 신선도는 조금 떨어지지만, 애정 길몽은 명불허전입니다. 취업은 개미의 길몽을, 불행을 예방하려면 고양이의 컨설팅도 있지요."

"다 솔깃하네요. 여러 개 사도 되나요? 꿈 내용도 궁금해요."

"여러 꿈을 동시에 팔진 않습니다. 꿈은 대량생산이 불가하므로 한 번에 한 편씩만 판매하거든요. 마담처럼 저명한 산몽가는 대기자만 백 명이 넘지요. 더불어 꿈의 내용은 기밀입니다. 입에서 입으로 오가다 보면 왜곡되어 복이 틀어질 수 있어요."

"까다롭네요. 가격대는요?"

"이 산몽가들의 꿈은 개당 오백부터입니다."

"현금 할인되나요?"

"불가합니다. 가격과 함께 복이 깎일 수 있어요. 참고로 환불도 안 됩니다. 복은 동물처럼 생명력이 있어 매수자가 기르기 나름이랍니다. 귀한 복을 파양하면 그

피해가 손님께 갈 수도 있죠."

여자는 앞니로 거무죽죽한 입술을 뜯었다.

"그럼 저는…… 옥토의 길몽을 살게요."

그때 고실장은 깨달았다.

팔고 싶지 않았다. 달샘의 꿈을 본인이 취하고픈 욕구를 처음으로 자각했다.

"옥토는 새내기랍니다. 고객님도 꿈 매수가 처음이고요. 효력이 검증된 나비나 개미가 안전할 텐데요."

"초짜끼리 잘 맞을 수도 있죠."

"신참에 대한 기대가 큰지, 옥토의 길몽도 예약이 밀려 한 달은 기다리셔야 합니다."

거짓말마저 감행했다. 여자가 마른세수를 했다.

"실장님. 그럼 지금 1억 드리면 옥토의 길몽 살 수 있어요?"

고실장은 마담처럼 손깍지를 꼈다.

"손님. 임회장님 이야기 듣고 오셨군요?"

여자가 피식 웃었다. 동시에 눈물이 툭 떨어졌다.

"대답해주세요. 1억은 제 전 재산이에요. 그 정도로 운이 필요하다고요."

약간 협박조였다.

"고생하며 모은 결혼 자금이에요. 그 돈을 같이 모은 구남친이 아프대요. 나랑 오래 만나놓고 예식 전에 한눈팔았죠. 작년 봄이에요. 그런데 최근에 연락 와서는 잘못했대요. 벌 받았대요. 말기 암이라 살날이 적다고요. 근데 그 전화 받으니까 왜 제가 죽을 것 같죠…… 살려주세요."

"그분께 길몽을 드리려는 겁니까?"

여자가 주억거렸다.

"죄송합니다. 시한부 환자께는 꿈을 팔지 않습니다. 복을 팔아 먹고사는 직업이지만, 감히 죽음 앞에서는 돈을 세지 않습니다. 그보다 길몽이 필요한 분은 고객님 같군요."

여자가 살기 띤 냉소를 지었다.

"난 됐어요. 여기 꿈발 세다면서요? 저는 지금 기운만 나면 사람 하나 죽일걸요."

"그분이 살길 바라시잖아요."

"남자 말고 채간 여자요. 저한테 헤어져 달라 구걸하더니 그 사람 아프니까 버렸대요. 이럴 거면 우릴 건들지 말지…… 밤마다 꿈에서 그 여자를 죽여요. 당장은 제가 수저 들 힘도 없지만, 이러다 사고 칠지 몰라요. 화가 많아서."

여자는 빈손으로 돌아갔다.

고실장은 마담에게 모든 걸 보고했다. 마담은 끄덕인 후 화제를 돌렸다.

"한데 자네, 오전에 시치미 떼더군."

고실장이 달샘의 꼼수를 모른 체한 걸 지적하는 것이었다. 마담이 옳았다. 고실장은 회의실에 들어가기 전부터 눈치채고 있었다. 그러나 별일 아닐 테고, 그보다 마담이 달샘의 초조한 표정을 읽을 만큼 눈이 나아졌나 확인하고 싶었다.

결과적으로 마담은 잘 보이는 듯했다. 게다가 전성기 시절처럼 도도했다. 이런 회복세는 달샘의 옥황상제 꿈을 산 이후부터였다. 백치 같은 달샘이 의외로 강했다.

고실장이 달샘을 데려온 건, 꿈집의 폐점을 미루고 새 숨을 불어넣기 위해서였다. 그런데 마담과 달샘이 연합한다면…… 고실장은 그 시너지를 이길 자신이 없었다.

달샘을 새 주인으로 앉히고 마담이 배후에서 경영한다면 지금과 다를 바가 없으니, 달샘의 교화를 서둘러야 했다.

고실장은 여전히 호텔 창가에 서 있었다. 전날의 에피소드를 곱씹는 사이 창 너머 한강에 아침햇살이 내렸다. 휴대폰 벨이 울렸다. 발신자는 아내 민수연. 그는 휴대폰을 진동으로 바꿔 소파에 던지고, 암막 커튼을 내렸다. 작은 스탠드만 켜둔 채 침대에 누웠다. 변변한 잠몽도 못 꾼다고 비암에게 홀대받았지만, 고실장도 가끔은 꿈 비슷한 것을 보았다. 이날도 그랬다.

그림자가 소파에 앉아 침대에 누운 고실장에게 물었다.

— 언제 이혼할 거야?

가위에 눌렸는지, 고실장의 입이 잘 떨어지질 않았다. 그는 겨우 대답했다.

"사람 하나 죽여도 되겠다 싶을 때."

— 살인하게?

"아니. 내가 안 죽여도 민수연은 이혼 이야기 나오면 손목부터 긋잖아."

— 깊이 긋지 않잖아. 퍼포먼스지. 그보다 자네, 원장한테 맞을까 봐 두려운 거지?

원장은 고실장의 장인이었다. 아내가 처음 자해하던 날 장인은 고실장의 등에 골프채를 내리꽂았다.

"그래. 그 집에서 나 같은 천출 없애는 건 일도 아니지.”

　- 언론에 찔러버려.

“병원장하고 허무맹랑한 해몽가가 싸움이 되겠어?”

다시 휴대폰이 울렸다. 그림자가 웃었다.

　- 또 민수연. 집요하군. 자넨 이 여자가 왜 싫어?

“나랑 닮아서. 아홉 개를 가져도 못 가진 하나에 집착
하지. 게다가 어리석은 건 나보다 더해. 나와 마담의 관
계를 오해한다니까?”

그림자가 폭소를 터뜨렸다.

“민수연은 나에 관해 하나도 몰라. 마담과 외도라니,
어이없지만 변명도 안 했지. 혼자 착각하더니 수치스러
운지 그건 장인에게도 말 않고 끙끙 앓더군.”

그림자가 턱을 괬다.

　- 근데 민수연, 우울증이 심각하던데.

“난 그 여자가 우울한 게 편해.”

전날 상담한 좀비 같은 여자의 독한 눈빛이 떠올랐다.

“민수연이 전처럼 팔팔했으면 진작에 나나 마담을 죽
였을걸.”

그림자가 흰 이를 드러내며 웃었다.

　- 그럼 팔팔하게 만들자. 민수연이 마담 죽이고 자네

가 꿈집을 꿀꺽하면 되잖아?

"까분다."

- 왜? 굿아이디언데.

그날 밤 고실장은 자택에서 홀로 포켓볼을 쳤다. 샷을 날리자 새하얀 큐볼이 딱! 소리를 내며 빨간 공을 쳤다. 빨간 공은 파란 공을 밀쳤고, 두 공이 양쪽으로 갈라져 구멍에 빠졌다. 구멍이 문득 토굴로 보였다.

"원샷 투킬."

그는 두 공을 제거하고 홀로 남아 천진하게 데굴거리는 흰 공을 집었다.

"옥토 같군."

마담, 그리고 아내 민수연. 두 공을 없애줄 큐볼은 아무래도 달샘이었다.

20

달샘은 기운이 없었다.

치과에 다녀와 수성동 계곡 주위를 맴돌 때, 고실장에게서 전화가 왔다.

이튿날 저녁.

고실장은 민수연과 함께 달샘을 만나러 갔다. 일식당 룸에서 아내가 좋아하는 회와 사케를 주문했다. 한때 알코올중독이었던 민수연은 단숨에 잔을 비우고 몸을 파르르 떨었다. 그녀는 남편이 반성하는 줄 알고 설레는 중이었다. 물론 착각이었다. 고실장은 아내에게 한 점의 애정도 없었고, 이런 아기자기한 시간은 밑밥에 불과했다.

약 20년 전 가수 지망생과 꿈집 실장으로 만났던 두 사람. 그때 마담의 유니콘 길몽을 산 민수연은 데뷔 직후 일약 스타로 떠올랐다. 그리고 반골 기질이 강하며 뭐든 쉽게 가졌던 그녀에게 무심했던 유일한 사람, 고실장에게 천착하여 1집 활동이 끝나자마자 결혼을 밀어붙였다. 사실 고실장은 귀족적인 외모와 해몽에 대한 열정, 그리고 모성애를 자극하는 독특한 매력 외에는 가진 게 없는 사람이었다. 물론 그 매력 덕분에 꿈집 손님들의 마음과 지갑을 열기가 보다 수월했지만, 딱히 의도한 건 아니었다. 무엇보다 그는 인간에 대한 애정이 깊지 않았다.

그런데 국민 아이돌에, 명망 높은 의사 집안 막내딸이 불나방처럼 달려들자 고실장도 호기심이 일었다. 막상 같이 살아보니 영 안 맞았지만 말이다. 벗어나려 할수록 아내는 음침하게 변했으며 고실장은 그게 사랑보다 승부욕임을 알고 있었다.

아무튼 꿈에서 만난 그림자의 말대로 아내를 팔팔하게 만들어볼 생각이었다. 그런 뒤 무엇이 달라지나 지켜보기로 했다.

"안녕하세요."

달샘은 꾸벅 인사하다 민수연을 보고 "히익!" 소리를 냈다. 한결같이 바보 같군, 고실장은 생각했다.

"어서 와라. 여긴 우리 집사람."

"지인짜요? 대박. 저 민수연님 음악 들으면서 왔거든요. 요새 리메이크곡 완전 유행인데. 영광입니다!"

굽실대는 달샘에게 민수연은 고개만 까딱였다.

"오늘은 고객으로 왔단다. 옥토, 우리를 도와주겠니?"

고실장은 아내의 오랜 우울증과 불면증을 고백했다. 상담과 약물치료로는 차도가 없어, 입원 전에 길몽에 기대보고 싶다고, 그간의 양상으로 달샘은 치유의 길몽가 같다고, 반포 최사모의 후기도 간략히 전했다.

"그래서, 집사람의 전담 길몽가가 되어줄 수 있을까?"

"그럼 사모님께만 꿈을 드리는 거예요?"

"그렇지. 급한 손님에게 꿈을 몰아주는 기간제 독점 계약이란다. 전담 경력이 있으면 몸값이 뛰니까, 길몽가들의 로망이지."

달샘은 고개를 돌리고 술을 원샷했다.

"죄송해요, 실장님. 두 가지 이유로 어려워요. 아시다시피 산몽가가 되고 길몽을 하나도 못 꿨어요. 거짓 보고로 실망만 드렸죠. 이제 자신이 없어요. 더 큰 문제는 제가 제주에 가야 하고요."

"제주는 왜?"

"아부지가 내려오래요. 내일 집 보증금 빼신대요."

달샘은 한숨을 푹 쉬었다.

"우리가 보증금을 대준다면?"

"아유, 비쌉니다. 꿈 한두 개론 택도 없어요."

부부는 서로를 보았다. 고실장은 돈 계산 중이었고, 민수연은 자신을 치료하려 애쓰는 남편에게 감동했다.

전날 상담한 손님처럼 고실장은 호기롭게 제안했다.

"월세 보증금이 1억이면 되니?"

달샘의 눈코입이 벌어졌다.

"올해가 두 달도 안 남았어. 연말까지 전담이 돼준다면 네가 길몽을 하나를 꾸든, 열 개를 꾸든, 전혀 못 꾸든 수수료로 1억을 지불하마."

21

생각할 시간을 달라 하고 달샘은 일식당을 빠져나왔다. 집에는 할머니와 친한 붕어빵 할머니가 놀러와 있었다. 첫눈처럼 겨울에만 오는 분. 편의점에서 막걸리를 사서 술상을 차려주자 붕어빵 할머니가 붕어 한 뭉텅이를 줬다.

달샘은 계곡물 앞에서 꾸역꾸역 먹다 목이 막혀 성우네 집으로 뛰어갔다.

성우네는 치킨집과 살림집이 나란했다. 달샘과 성우가 거실에서 붕어빵에 맥주를 마실 때 벽 너머로는 치킨집 웃음소리가 활기찼다.

"이 집은 자가죠?"

"어, 나 고등학생 때부터."

성우는 달샘네도 자가일 줄 알았다고 했다.

"월세 걱정하길래 의외였어. 떡이 잘 팔려서 건물 사셨을 줄 알았거든."

"언니 셋 시집보내고, 환희 결혼할 때 아파트 해준다고 부모님은 계속 월세였어요. 자가는 좋겠어요. 막 고칠 수도 있고."

"집 고치고 싶어?"

"네, 이렇게."

달샘이 손으로 네모를 만들자 성우가 방에서 필기구를 가져왔다. 그의 방에는 폼보드로 만든 흰 건축모형들이 마을을 이루고 있었다. 달샘은 왼손으로 연필을 잡고 사각형을 그렸다.

"팔찌 예쁘네."

"그죠, 꿈집 신분증이에요. 반납해야 하는데…… 우리 집 옥상 바닥이랑, 1층 바닥에 이렇게 유리창을 내고 싶어요. 그럼 옥상의 햇살이 지하에도 들겠죠. 지하랑 1층을 잇는 시멘트 계단은 발 시리니까 카펫을 깔고, 난간도 설치하고 싶어요."

"카펫은 쉽네."

"그러게요. 나 왜 안 했지?"

"쿠팡으로 주문해."

둘은 싱겁게 웃었다.

"아버지 오셨었다며. 정말 제주로 가?"

"고민 중이에요."

달샘은 새 사각형을 그리고 빗금으로 채웠다.

"지하의 벽 한 면은 녹색으로 칠하고 싶어요. 꿈집 회의실 벽이 청록색인데 눈이 시원하더라고요."

"너희 꿈집 상징색은 암적색이잖아."

"어떻게 아세요?"

"배웠어. 평창동 꿈집, 건축학도들 사이에서는 유명해. 학부 때 지도 교수님도 옛 가옥 전문가셨고. 너네 꿈집은 4대가 함께 살면서 각자 입맛대로 증축해서 100년 건축 기술의 집약체래. 양식도 다양하다던데."

"맞아요. 중국풍 복층 한옥도 있고 지하도 있어요."

"교수님께서 답사하려고 꿈까지 사셨는데 사랑채밖에 못 보셨다더라."

"손님들은 거기가 마지노선이에요. 근데 쌤, 왜 건축안 하세요?"

"그건 비밀이지."

비밀이란 단어에 민수연이 떠올랐다. 만나고 온 걸알면 놀라겠지.

"저도 요새 비밀이 많아요. 약점도 늘고요."

"약점이 더 궁금하다. 뭔데?"

"원래도 구렸는데, 꿈집에서 대단한 사람들 만나면서 더 쭈구리가 됐어요. 전에는 잠이라도 잘 잤지, 이젠 잠도 설쳐요. 잘하는 게 없어요."

"착하잖아. 지금도 할머니들 술상 봐 드리고 왔다며. 손님들한테도 친절하고."

"개뿔."

달샘은 발끈했다.

"착한 게 좋은가요? 그리고 착하지 않아요."

문득, 마담에게 거액의 꿈값을 넙죽 받으면서 마담의 몸이 불편한 줄도 몰랐던 게 떠올랐다.

"제 친절은 장사치로서의 버릇이에요. 솔직히 할무니 번거로울 때 많고, 손님들도 떡 눌러보고 안 사가면 속으로 욕해요."

달샘은 무릎을 세웠다.

"그냥 해야할 것 같은 일을 할 뿐이에요."

"그럼 이사는 어때. 제주로 가야 할 것 같아?"

달샘은 발목을 벅벅 긁었다. 울며 겨자 먹기로 아버지를 따라가려는 찰나, 고실장이 해결사로 등장했다. 그의 제안을 덥석 물지 않은 건, 옥인동에 남고픈 마음의 출처를 모르겠어서였다.

"남들 다 좋다는 제주가 안 땡기는 이유를 모르겠어요. 왜 이렇게 옥인동을 떠나기 싫은지 모르겠어요."

"아기새?"

"이제는 아녜요. 그냥 지금처럼 살고 싶어요. 떡 만들고, 계곡물 소리나 들으며 있는 듯 없는 듯 고만고만하게요."

성우가 싱긋 웃었다.

"좋아하는 거네."

"뭘요?"

"지금이 좋은 거네."

"딱히."

"익숙해서 좋은 줄 모르겠지. 하지만 막상 떠나려니 아쉬운 거지. 나도 유학 갔다 돌아왔잖아. 영국으로 떠날 땐 이 기름 냄새나는 집구석에 다시 올 줄은 꿈에도 몰랐어. 그런데 유학에 실패한 것도 맞지만, 나는 여기가 좋아서 온 거야. 그리워서."

"단지 돌아오고 싶어서 꿈을 포기한 거예요?"

성우는 어설프게 웃더니, 옷에 달린 후드를 머리에 썼다.

"달샘,《서울 쥐 시골 쥐》동화 알지?"

달샘은 끄덕였다.

"창피해서 말 안 했는데…… 나 시골 쥐라 돌아왔어."

그는 방에 둘 곳이 없어 거실에 나와 있는 오동나무 장롱과, 가죽이 갈라진 소파, 케케묵은 전화기를 툭툭 가리켰다.

"이 집에서 늘 가난하다 느꼈거든. 그래서 멀리 영국에서 근사하게 건축하며 사는 청사진을 그렸는데, 막상 가니까 그 그림이 안 나오더라고. 교수님은 나보고 과자 패키지처럼 겉만 번드르르한 건물을 설계한다며 상종도 안 해줬어. 건물 속 사람들을 볼 줄 모른다나. 동기들한테도 영어 못한다고 욕먹고…… 나름 수재 소리 들으며 살았으니, 나로선 첫 쓴맛이었어. 받아들이기 어려웠지. 게다가 런던에서 내가 살았던 집은 이 집에 비하면 움막이었어. 환기도 안 되고 열악했거든. 결국 여기로 도망 온 거야. 그런데 간만에 집에 오니까, 낡은 것들이 반갑더라고. 새것은 흔하지만 오래도록 함께하는 게 드물어서인지…… 하나 아쉬운 건, 도망치고 나니까 건축이 무서워졌어. 다시 설계도를 그리고는 싶은데."

한참 생각하던 그는 달샘의 잔에 맥주를 따랐다.

"오늘 이 풍경에서 무엇 하나만 달라져도, 이 순간이

사무치게 그리워질 수 있어. 사람이 미래만 꿈꾸는 게 아니더라. 과거도 꿈이 될 수 있더라. 시간을 거스를 수 없어 결코 이룰 수 없고, 그래서 더욱 간절한 꿈이지. 너나 나나 앞으로 좋은 날이야 눈송이처럼 많겠지만, 그래도 오늘이 가장 간절한 꿈이 될 수도 있어."

집에서는 할머니들이 새벽까지 수다 삼매경이었다. 달샘은 방에 들어가 익숙한 체취가 밴 이불을 덮었다.

시시한 인생이었다. 그렇지만 시시콜콜하게 안락한 것은 사실. 동네 사람들이 서슴없이 놀러 오고, 달샘도 불쑥 찾아가 냉장고 열어 맥주 꺼낼 이웃이 있고, 할 일도 있었다. 모두 잠든 새벽, 달토끼처럼 떡을 빚으면 몇 시간 후 출근하는 사람들과 학생들의 허기를 달래줄 수 있었다.

그러고 보면 옥인동에서 별로인 건 스스로뿐이었다. 나머지는 다 좋았다.

달샘은 쿠팡에서 계단에 깔 녹색 카펫을 주문했다. 그리고 해가 뜨자마자 고실장에게 전화했다.

22

달샘과 고실장은 마담에게로 갔다.

달샘은 꿈 일기를 조작한 것을 사죄하고, 고실장의 아내 민수연의 전담 길몽가가 되고 싶다는 의사를 밝혔다. 마담은 고실장에게 민수연의 우울증에 관해 언뜻 들은 적이 있었다.

"일손이 귀한 철에 전담이라니 당혹스럽지만, 외면할 수 없지."

워크홀릭인 고실장을 보며 마담은 내심 처를 걱정했었다. 한편으로는 달샘에게 먼저 제안했다니, 고실장의 꿍꿍이가 있다면 지켜볼 생각이었다.

계약 전 달샘은 떨리는 목소리로 세 가지 조건을 달았다. 전과 달리 눈빛이 제법 다부졌다.

"첫 번째로는, 이번 동지가 12월 22일입니다. 밤이 긴 동지까지 최대한 오래 자고 꿈을 꿀게요. 대신 23일에 모든 꿈을 납품한 후 꿈집에서 사직하고 싶습니다."

산몽가로서의 밤보다 떡을 만지는 새벽이 더 달았다. 연말에 떡집을 정비하고 1월 1일부터 새로 개시할 마음 이었다.

"두 번째로는 우리 집에서 자고 싶습니다. 중요한 시 기에 감몽옥에서 스트레스 받는 건 비효율적인 것 같아 요. 그리고 끝으로······ 실장님께서 말씀해주신 1억의 절반을 선급금으로 받고 싶습니다. 죄송하지만, 가급적 빠르게 부탁드리고 싶어요."

마담과 고실장은 의견 조율 후 조건을 수락했다.

"다만, 우리도 몇 가지 당부가 있다."

마담의 목소리가 묵직했다.

"동지까지 남은 시간은 6주. 이 기간에 네가 길몽을 세 편 이상 꾸지 못하면 꿈값을 전액 회수하겠다. 고실 장은 길몽을 못 받아도 대금을 지불한다지만, 꿈집 경 영자로서 이는 상도에 어긋나는 일이다."

"네, 그렇게 하겠습니다."

"더불어 민수연님을 비밀 고객으로 지정한다. 여태 신 상품이 없는 네가 전담을 딴 것만으로도 동료들은 술렁 일 터. 입을 무겁게 하고 일에 매진하거라. 마지막으로."

마담은 달샘의 눈을 깊숙이 들여다보며 물었다.

"네 떡집에선 반토막 난 떡을 제값에 파는 모양이지?"

"네?"

"귀에서 쌀이 나던 네 꿈 말이다. 썩은 부분만 도려내어 손님께 팔 작정이었더냐?"

"죄송합니다."

"땀 흘려 빚은 떡과 달리 공짜로 받으니 귀한 줄 모르는 게지. 방심 마라. 하늘이 주신 꿈으로 장난질하면 그 값을 치르는 법, 비암 선생님이 왜 한쪽 눈을 잃으셨을까?"

달샘은 간담이 서늘해졌다.

"행한 대로 받을지니. 통상 산몽가가 없는 꿈을 지어내 사기를 치면 필경 뒤통수를 맞더군. 너는 꿈을 도려냈으니 몸이든 마음이든, 베이지 않도록 주의하거라. 네 고객을 위해서라도."

"명심하겠습니다."

인생은 결코 뜻대로 풀리지 않지만, 뜻밖의 선물도 후하게 준다는 사실을 달샘은 자꾸만 간과했다. 심신을 가다듬기로 하고, 전담 계약서에 서명했다.

집으로 가는 길, 망치 소리가 깡깡 울렸다. 아버지가 환희떡집 간판을 떼는 중이었다.

"솜뭉치, 어딜 싸돌아댕겨? 보증금 뺐다. 가자."

달샘은 부동산에서 받은 새 계약서를 꺼냈다.

"방금 제 이름으로 재계약했어요. 가세요, 아부지. 저랑 할무니는 안 가요."

아버지는 망치를 던지고 계약서를 훑더니, 냅다 뒤통수를 갈겼다.

"설마 꿈집서 가불했냐?"

달샘이 눈을 홉떴다.

"무르고 와! 이러다 발목 잡힌다고. 제발, 한날한시에 태어난 환희는 속 한번 안 썩이는데 넌 왜 이러냐, 어?"

"아부지 닮아서요. 아니다, 내가 이렇게 살고 싶어서요. 아부지는 환희랑 만수무강하세요. 난 여기서 살라니까!"

다시 뒤통수를 맞았다. 달샘은 떡집에 반만 매달린 돌출 간판을 노려보았다.

"저거 가져가세요, 이제 환희떡집 아니니까. 떼어드려요?"

창턱에 풀쩍 올라가 왼손으로 간판에 주먹질했다.

"환희는! 떡! 만들 줄도! 모르는데!"

동네 사람들이 모여들었다. 달샘은 눈을 희번덕거리며 간판을 이마로 쾅쾅 들이받았다.

"왜 나한테만! 왜! 왜!"

"아가, 옜다! 아나!"

할머니가 주름진 손으로 낡은 절굿공이를 건넸다. 달샘이 움켜잡아 휘두르자 간판이 텅 떨어졌다. 아버지의 둥근 얼굴에서 핏기가 가셨다. 할머니가 손뼉을 짝 쳤다.

"얼쑤!"

23

이마에 혹이 난 채 달샘은 모처럼 푹 잤다.

밤에는 옥상에 돗자리를 깔고 누웠다. 민수연의 노래를 들으며 그녀의 20대 시절 사진을 검색해보았다. 짙은 이목구비에 목이 긴 민수연은 오드리 헵번 같았다. 미모의 정점은 약 20년 전 기자회견 날. 결혼식도 아니고, 결혼을 하겠다고 선언하는 자리에 거대한 웨딩드레스를 입고 나타나 전 국민을 놀라게 했었다고 한다. 예비 신랑은 비공개였으며 '스무 살 연상의 일반인' 정도로만 소개됐었다. 달샘이 태어나기 전이지만 방대한 기사들로 현장이 박제되어 있었다.

가족과 팬덤의 반대를 무릅쓰고 은퇴와 동시에 사랑을 택하겠다고 선포했던 앳된 민수연. 달샘은 휴대폰에 사진을 저장했다.

"내가 돌려줄게요, 이 당찬 미소."

토독, 빗방울이 이마에 떨어졌다.

민수연은 창가에서 비를 바라보고 있었다. 건반을 치거나 TV를 켜지 않고 매일 이렇게 고실장만 기다렸다. 방울방울 모인 서운함은 남편이 오면 훅 털어내곤 했다.

"오늘도 늦었네요."

마음을 감추지 않고 날것의 우울한 목소리로 인사하면 남편은 사색이 됐다. 그가 눅눅한 말투를 싫어하는 줄 알지만 민수연도 이 정도는 표현하며 살고 싶었다.

고실장은 평창동 꿈집에서 연구실을 나서는 중이었다. 앞마당 별당에서 마담의 기침 소리가 들렸다. 마침 고실장은 토굴을 덮은 무쇠 뚜껑을 딛고 서 있었다. 이 뚜껑에 자물쇠만 없었더라면 지금이라도…… 밀어넣을 텐데.

홀린 듯 마담의 별당으로 다가섰다. 그때,

"복동!"

무연과 강아지 복동이 뛰어왔다. 마담의 구역에 침입한 고실장의 발목을 복동이 가차 없이 물었다.

"실장님!"

"쉿, 마담 깨시겠다."

무연이 잡아끌어도 복동은 고실장의 발목을 문 채 으

르렁댔다.

"죄송합니다, 목줄을 놓쳤어요. 병원으로 모실게요."

"마담부터 챙겨라. 목이 불편하신 모양이야."

고실장은 차에서 바지를 걷어올렸다. 붉고 축축한 상처를 보자마자 구토가 치밀었다.

24

    이튿날 마담은 피로하다며 별당에만 머물렀다. 고실장은 날카로워졌다. 전날 복동이 짖어댄 소리를 마담이 들었을 것 같았다.

    오후에는 달샘이 꿈을 보고하러 왔다. 고실장은 마담 없이 검수를 진행했다.

    "집사람 꿈을 꿨다고?"

    "네. 길몽은 아닌 것 같아요. 사모님께서 눈을 감고 누워만 계셨어요."

    "죽은 건 아니고?"

    "주무시는 듯했어요. 호흡이 느껴졌거든요."

    "차라리 숨이 끊기면 호조인데. 죽음은 부활로 이어지니까."

    해몽 단서가 부족해 보류하기로 했다.

    정예들이 주간 회의를 하러 속속 도착했다. 고실장은 마담의 불참을 알리고 새 소식을 전했다.

"용석군이 콩쿠르를 위해 모스크바로 출국했다."

"뭐라고요?"

고양이가 소스라쳤다.

"수선 떨지 마라. 지금부턴 용석군에게 아무도 연락 마. 용석군은 고양이의 흉몽에 대해 모른다. 출전은 홍여사님 결정이야."

"기가 막혀서. 이럴 거면 왜 저를 고용하셨죠?"

"언성 낮추라니까."

고실장이 날을 세웠다.

"최종 결정은 고객 몫이라 누차 말했다. 그 얘긴 더 꺼내지 마라. 나비는, 또 무소식?"

"죄송합니다."

나비는 온라인 샵의 현황을 어물거렸다. 초등, 중등 산몽가의 신상을 스무 편 넘게 업로드했고, 유명 유튜버가 꿈집 후기를 올린 후 신규 회원이 늘었다고 했다.

달샘도 입을 뗐다.

"신상을 밝힐 수 없는 고객님의 전담 길몽가가 되었어요. 기간은 동지까지입니다."

"벌써 전담을 땄어?"

나비와 개미는 마냥 부러운 눈빛이었다. 고양이가 이

맛살을 구겼다.

"포트폴리오도 없으면서 무슨 수로요?"

달샘은 맘먹고 고양이를 똑바로 보았다.

"저도 검증된 산몽가예요. 마담과 반포 최사모님께도 인정받았어요."

"묵은 꿈이었잖아요. 꿈집에 오기도 전에 꾼."

"저한테 관심 있으신 것 같네요. 이왕이면 많이 가르쳐주세요. 저도 책임질 고객이 있으니 분발할 거예요."

"여기가 학원이에요? 경쟁자끼리 누가 누굴 가르쳐요?"

"내가 도우마."

고실장이 나섰다.

"너희 다 지쳤을 거야. 나도 매한가지다. 작년부터 인력을 줄이며 정예팀에 일이 몰렸지. 아무래도 마담께 허락을 구하고 워크샵을 열어야겠다. 옥토는 꿈의 전반을 이해하도록, 나머지 경력자도 업무 고민을 해소하는 자리를 마련하마. 내가 꿈은 못 꿔도 해몽가로서 그 정도는 도울 수 있지. 어떠니?"

정예들은 열없이 주억거렸다. 마다할 이유가 없었다.

25

민수연의 부암동 자택에 윤매니저가 찾아왔다. 실력파 뮤지션들을 거느린 엔터테인먼트사의 수장이지만 민수연에게는 여전히 막역한 '매니저 오빠'였다. 민수연을 데뷔시켰던 그는 작년부터 디지털 싱글을 내자고 성화였다.

윤매니저가 담뱃불을 붙여 민수연에게 건넸다.

"손목은 좀 나았어?"

"거의 아물었어. 이번엔 남편도 정신 차린 듯."

민수연은 연기를 뿜었다.

"나 그때 이후로 간만에 꿈 사기로 했어. 남편이 길몽가 붙여준대."

"강매 아니고?"

"아냐. 오빠, 오빠도 오피스 와이프 있어?"

"와이프까진 아니고 통하는 애는 있지. 왜, 니 남편 누구 있대?"

민수연은 끄덕였다. 며칠 전부터 어째서인지, 수치심에 꽁꽁 싸맸던 비밀을 털어놓을 용기가 생겼다.

"진짜? 오피스 와이프면 꿈집? 언제부터?"

"옛날부터."

짧아진 담배를 재떨이에 꾹 눌렀다.

"꼭 그쪽이 본처 같아."

"꿈쟁이야?"

"어, 꿈집 주인."

"주인은 할마시잖아."

"맞아, 그 할마시."

"으악."

윤매니저가 닭살 돋은 팔을 문질렀다.

"설마, 너 의부증 아니냐?"

"남자들은 왜 다 그렇게 말해? 남편 툭하면 꿈집에서 자고 와. 다른 산몽가들은 재택 하는데 그 시간에 누구랑 있겠어? 몇 번 기습으로 가서 일하는 것도 봤어. 서로 눈만 봐도 무슨 생각하는지 알더라. 못 걷는다고 남편이 업어주기도 해. 나랑은 털끝도 안 스치면서. 그리고…… 호텔도 다녀."

"돌겠다. 수연아, 걍 놔주자. 거기 완전 노인정이네."

민수연은 새 담배를 꺼냈다.

"그래도 반성의 기미가 보여. 돌아오고 있어."

"너나 돌아가자, 무대로."

"그 얘긴 끝났잖아."

"강륜이랑 노래하자. 아직도 러브콜 온다니까? 콘서트에서 너랑 듀엣 하고 싶다고 절절매더라."

"어린애가 왜 자꾸 내 노래를 탐내?"

"유튜브 안 보니? 네 데뷔 영상 제대로 떡상했어. 이럴 때 음원 내야 하는데, 벌써 늦었다니깐."

윤매니저가 침을 튀겼다.

"수연아, 너 지금도 예뻐. 목소리도 완전 우아해. 어린애들이 잔망 떠는 무대 말고, 진짜 노래를 들려주자. 히키코모리처럼 이게 뭐니? 멋지게 살아야지. 남편한테 복수해야지!"

"가족끼리 왜 복수를 해?"

"그럼 꿈집 할마시 한 방 멕이든가. 평생 당하고만 살래?"

26

평일의 꿈집에는 손님들과 주방 할머니들, 초등, 중등 산몽가들이 드나들었다. 정예들은 한산한 주말에 2박 3일간 워크숍을 진행하기로 했다.

11월의 마지막 금요일 밤, 드디어 깁스를 푼 달샘이 창백한 손으로 성우네 초인종을 눌렀다. 사과 한 봉지와 함께 할머니를 부탁하고 꿈집으로 달려갔다. 마당에 큰 화로가 놓여있었다. 고실장은 선홍색 한우가 담긴 쟁반을 가리켰다.

"공부는 내일부터 하자꾸나. 저것 좀 구워볼래? 난 고기를 안 좋아해서."

나비가 잽싸게 숯불에 고기를 올리자 치익, 설레는 소리가 났다. 야식을 참아온 정예들은 기름진 육즙에 감탄했다.

마담은 별당에서 취미생활 중이었다. 지하 회의실 상

들리에에 달린 십이지신 장식물을 떼어와 거즈 손수건으로 꼼꼼히 닦았다. 좋아하는 물건은 늘 소중히 다뤘다.

마담은 무연에게 십이지신을 주면서 지하에 원상 복구하라고 시키고, 술병을 내밀었다. 맑은 호박색이 찰랑이는 아르마냑이었다.

"고실장 주거라. 오늘은 감몽옥의 창을 차단하지 말라 하고."

정예들은 마담이 보낸 식후주까지 마시고 감몽옥의 침실로 올라갔다. 치약을 빌리러 달샘의 방에 온 나비는 벌러덩 뻗었다. 취기가 올랐는지 말도 놓아버렸다.

"감몽옥 방이 모자라던 시절이 있었는데."

"그땐 정예도 많았어요?"

"아니, 정예는 늘 다섯 명 내외. 대신 초등, 중등 산몽가가 백 명도 넘었어. 정예 되려는 경쟁도 치열했고. 라이벌 산몽가가 임신하니까 축하 선물로 길몽 준대 놓고 흉몽 넘겨서 유산된 적도 있었지."

"심한데요? 저도 고양이님한테 흉몽 테러 안 당하게 조심해야겠어요."

"고양이가 퍽이나. 걔가 왜 흉몽가가 됐는데."

달샘은 어깨를 으쓱였다.

"부모님이 재일교포라 고양이도 일본에서 나고 자랐대. 아마 중학생 때 가족끼리 서울 여행 왔을 거야. 그때 부모님이 고양이만 호텔에 두고 친구 만나러 가셨다가 친구네 별장에서 화재로 돌아가셨어. 고양이는 낯선 서울에서 고아가 된 거지. 근데 그 애가 진짜 괴로웠던 이유는 따로 있었어. 부모님을 살릴 수 있었거든. 사고 전날 생애 첫 경몽을 꿨대. 부모님이 불타는 경몽. 하지만 경몽이라는 걸 몰랐고 본인이 예지력을 가진 줄도 몰랐으니까. 인터넷에서 화재 꿈은 다 길몽이라니까 부모님께 암말 안 했다지."

달샘은 말을 아끼다가 인왕산 화재 꿈을 떠올렸다.

"저도 최근에 불꿈 꿨는데 검색해 보니 길몽이라던데요."

"해몽이 그리 쉬우면 해몽가가 왜 있겠어? 제대로 된 해몽은 꿈과 꿈을 꾼 사람, 꿈을 살 사람의 처지를 따져야 해. 그래서 우리 꿈집은 고실장님 단골도 많아. 해몽으론 원탑이걸랑. 눈대중으로 하는 것 같아도 반세기 내공이라니까. 꿈 공부하러 중국 유학도 다녀오셨고, 중요한 책도 많이 쓰셨고. 아휴, 배불러."

나비는 하늘자전거를 했다. 냉장고 바지가 펄럭였다.

"그래도 꿈의 장르는 산몽가가 더 잘 알지만."

"장르는 어떤 거예요?"

"길몽인지 흉몽인지 경몽인지. 그건 산몽가가 몸으로 느껴."

나비가 달샘의 발을 잡았다.

"역시 자기는 뜨끈하네. 난 요새 싸늘한데. 보통 길몽을 꾸면 피가 고루 돌아서 전신이 따뜻하거든. 흉몽을 꾸면 피가 위로 몰려서 머리만 뜨겁고 발은 시리지. 그래서 흉몽가들이 두통약을 달고 살아. 경몽은 힘이 사르르 빠지더라. 나는 딱 두 번 꿨는데 느낌이 싫었어. 이 바닥에선 경몽을 꿔야 고수로 쳐주지만 난 안 꾸고 싶어. 여하튼."

나비는 고양이 얘기를 이어갔다.

첫 경몽이 각인된 고양이는 부모님이 불타는 악몽을 거듭 꿨고, 해결책을 찾다 평창동 꿈집에 흘러들었다. 마담은 희귀한 흉몽가감이 나타나자 곰곰이 뜯어보다 쫓아내버렸다.

"왜요?"

"모르지. 내 추측으론 고양이의 욕심 탓이야. 마담은 야망가를 싫어하시걸랑. 복을 파는 사람이 속이 깨끗해야지 욕심부리면 부정 탄다고. 근데 고양이는 우리 꿈집 후계자가 없는 걸 알고 그 자리부터 노리더라고."

"그렇게 치면 저는 야망이 없어 뽑혔나 봐요."

"그럴 수도. 마담은 알 수가 없어. 고양이를 거둔 건 고실장님이셨어. 딱하다며 감몽옥의 침실도 몰래 내어 주고 해몽도 가르치고. 자기 파자해몽은 알아?"

"《해몽백서》에서 봤어요. 꿈의 내용을 한자로 적고 푸는 거지요?"

"맞아. 한자의 자획을 분리해서 해석하는 거야. 고양이는 실장님께 배우더니 재미있다고 파고들어서 한자랑 중국어 자격증도 땄어. 덕분에 중국의 큰 손님들을 받게 돼서 마담도 결국 고양이에게 정예 팔찌를 주셨지. 근데 옥토양은 하루 만에 정예가 됐으니, 샘나지."

달샘은 조개처럼 입을 오므렸다. 솔직히…… 조금은 좋았다. 질투의 대상이 되다니. 그 마음을 알아채고 나비가 픕 웃었다. 그러곤 곧바로 건조하게 말했다.

"자기, 적당히 벌고 떠나. 이 일은 행복한 사람들은 안 해."

그녀는 부른 배를 문질렀다.

"돈이야 쉽게 벌지. 근데 강아지랑 밤 산책도 못 가는 직업이야. 밤에 맥주 한잔 못 하고, 좋아하는 사람이랑 새벽까지 수다도 절대 안 되지. 밤 예능 본방도 못 보고 말야. 평범한 사람들이 알짜배기로 행복한 시간은 퇴근 후 저녁부터 시작되잖아. 하지만 우리는 9시부터 얄짤 없이 잘 준비를 해야 해."

나비는 통통한 손으로 하품을 가렸다. 눈물이 또륵 흘렀다.

"꿈집에 왔다는 건, 더는 갈 데가 없다는 거야. 동료들 봐. 의외로 표정들이 어둡다? 낙이 없으니까. 복이 많음 뭐 해. 그걸 함께 즐길 사람이 없으니 내다 파는 거야. 인생에 더는 기대가 없는 사람들이, 내 인생이 잘 풀리든 말든 대수롭지 않은 사람들이 현실을 회피하려 짐승처럼 자고 또 자고, 계속 꿈을 꿔. 아침에 눈 뜨기 싫은 사람들이 이 일을 오래 한다고."

27

아침부터 워크숍이 시작됐다.

지하에 내려간 달샘은 암적색 벽에 걸린 계수나무 수묵화를 잠시 바라보았다. 간밤에 꿈을 꾼 것 같은데, 증발해버렸다.

회의실의 빔프로젝터를 켜자 벽에 'DREAM'이라는 단어가 비쳤다.

"알다시피 꿈이란 단어는 두 가지 뜻을 지녔지? 잘 때 꾸는 꿈과 장래희망. 영어로도 두 의미를 Dream이라는 한 단어로 묶는 건 우연이 아냐. 잘 때 꾸는 꿈으로 장래를 볼 수 있으니까."

고실장은 달샘의 눈높이로 강의했다. 나머지들은 좀 지루한 얼굴이었다.

인간의 기본 욕구인 식욕, 성욕, 수면욕 중 가장 강한 건 수면욕이며, 이를 해소하려 생의 3분의 1을 투자

하는 만큼 고대인들은 잠에서 뭔가를 얻으려 했다. 그들이 기대한 건 신의 계시. 왕이 신묘한 꿈을 꿀 때마다 해몽가를 신중히 골랐다. 구약성서의 요셉이 파라오의 꿈을 토대로 7년의 풍년과 흉년을 예지한 것, 진시황이 해신과 싸우는 꿈을 꾼 후 해몽 박사를 뽑은 것도 그런 사례였다. 터키에 있는 세계 최초의 종합병원 아스클레피온도 마찬가지였다. 그곳엔 '잠의 방'이 있었으며, 환자들이 의사에게 꿈을 들려주면 의술의 신 아스클레피오스의 메시지로 해석해 처방을 내렸다. 꿈을 꾼 사람은 메신저, 해몽은 의술, 해몽가는 의사였던 셈이었다.

"그러나 계급 붕괴와 함께 해몽 문화도 무너졌어."

신분보다 자본이 앞서자 사람들은 돈을 버는 '낮'을 귀하게 썼다. 일에 몰두해 신의 뜻은 뒷전이었고, 꿈은 꼬리뼈처럼 미미한 흔적으로 남았다.

달샘이 질문했다.

"옛날엔 신의 선택을 받은 자가 예지몽을 꾼다고 믿었다면, 요즘은 어떤 사람이 산몽가로 태어날까요?"

고실장은 마담 아버지인 물고기를 스승이라 일컬으며 그의 말을 인용했다.

"스승님께선 산몽가를 젖줄 운명이라 하셨다. 어미가

아이에게 젖을 물려도 스스로 물 수는 없듯, 자신의 여복餘福, 즉 남는 복을 남에게 베풀 팔자를 타고난 이들이지. 간혹 이를 억울해하는 산몽가들이 있어. 왜 나는 내 복을 독점 못 하고 남 좋은 일만 시키는가? 그러나 세상의 모든 직업이 똑같단다. 셰프들도 본인은 라면으로 끼니를 때워도 손님에겐 최고의 한 그릇을 대접하잖니. 의사도 자기만을 위해 오장육부를 연구하는 게 아니고."

리모컨을 누르자 벽에 시구가 빛났다.

지인至人은 꿈이 없다.
물이 지극히 고요하면 물결이 없는 것과 같다.
우인愚人도 꿈이 없다.
물이 지극히 혼탁하면 그림자가 없는 것과 같다.

"꿈과 인생을 논한 《술몽쇄언》의 저자, 조선 후기 검사 김대현의 글이란다. 너희가 우인보다 지인이 되어 고요한 물길로 흐르길 고대하마. 그럼 꿈이 꿈에 그치지 않고 현재와 미래를 잇는 수로가 될 테니."

숙면을 돕는 연근과 심신 안정에 좋은 연어구이로 이른 저녁을 먹고, 근육을 이완하는 생활 요가를 배웠다.

간식은 꿀물에 색색의 찹쌀떡을 띄운 원소병. 감옥옥 뒷마루에서 천연수면제인 호두도 우물거렸다. 고실장이 식물을 가꾸듯 정예들의 컨디션을 조절하는 사이 무연은 마담의 잔심부름으로 마당을 오갔다. 나비가 짠하게 쳐다봤다.

"무연양은 일요일에만 집에 간대. 일요일 빼고 1박으로 쉬는 건 설날하고 크리스마스뿐이래."

"크리스천이래여?"

"그러겠지? 성당이거나."

밤에는 달샘의 침실에 개미와 나비가 놀러 왔다. 달샘은 퍼뜩 간밤의 꿈이 떠올라 해몽을 부탁했다.

"아는 사람이 제 손을 잡으려고 들입다 달려왔어요."

개미와 나비는 눈빛을 나누곤 흐응, 웃었다.

"달려온 사람, 남자져?"

"어떻게 알았어?"

"상징물도 없는데 뭘 해몽씩이나. 그냥 누나가 호감 있는 거겠져."

"그래, 자기야. 마음에 담으면 꿈에도 담긴댔어. 잘해봐."

달샘은 목덜미를 긁었다. 꿈에서 본 남자는 성우. 늘 나른한 평소와 달리 눈을 치켜뜨고 엄청난 속도로 뛰어오는 모습이었다. 그 꿈이 경몽이라는 건, 몇 달 뒤 성우가 목숨 걸고 달려들 때에야 알게 되었다.

개미는 아는 교수님 소개로 NASA에 근무하는 한국계 미국인에게 꿈을 판 후일담을 늘어놨다. 2년 후 개시될 달 착륙 프로그램의 우주비행사 후보로 뽑혔다는데.

"와, 꿈으로 우주까지 진출했구나. 참, 모스크바로 간 용석님은?"

"현지에서 예선 통과하고 본선 준비 중이래여. 그 형님도 예감이 좋음."

개미는 용석 어머니인 홍여사에게 따로 연락해 길몽 포트폴리오를 보내드렸다고 했다.

"맘 편하자고 꿈 사는 건데 가슴 졸일 필요 있나여."

개미가 화장실에 가자 달샘이 속삭였다.

"나비님, 개미군한테 길몽 사보세요. 그럼 슬럼프에서 벗어나실 수도 있잖아요. 저도 사고 싶은데 그럴 돈은 없어서요."

나비는 빙긋 웃었다. 실제로 산몽가들이 종종 쓰는 방법이었다. 하지만 프리미엄이 붙어 천만 원을 호가하는 개미의 길몽은 나비도 살 수 없었다. 어려서부터 스타 길몽가였던 나비는 늘 풍족했다. 식구들 집 사주고 남편 사업 밀어주고 통 크게 기부도 하다가 남편과 사별한 뒤, 자산관리가 꼬이기 시작했다. 어떻게든 살아남으려 남은 돈을 지인의 식당에 투자했지만 순식간에 빚이 불었고, 그때부터 잠이 싹 달아났다. 수면제를 먹으면 꿈이 안 보여서 본업마저 망쳐버렸다. 얼마 전부터는 배달 라이더로 투잡을 뛰는 중이었다.

나비와 개미가 돌아간 후, 달샘은 꿈집 온라인 샵에서 처음으로 길몽을 구매했다. 어제부로 유통기한이 지나 가격이 오백에서 삼십으로 떨어진 나비의 애정 길몽. 장사가 녹록잖거나 손님이 끊길 땐 누가 마수해 주는 게 제일이니까. 게다가 연애 길몽이었다.

모태 솔로 달샘은 앞니를 문지르며 멋쩍게 웃었다. 자려고 누웠더니 꿈에서 달려오던 성우가 조금 떠올랐다.

28

산몽가들이 잠든 새벽.

고실장은 꿈집 안채의 연구실에 있었다. 천장에 집을
짓는 거미가 눈에 띄었다. 저런 작고 징그러운 게 살에
스칠까 봐 여름에도 머리까지 이불을 덮고 자던, 전생
처럼 아득한 어린 시절이 있었다. 그때도 이 방이었다.
방을 내어준 사람은 마담의 아버지인 물고기였다.

꿈집의 3대 주인이던 물고기는 호기심이 왕성한 사람
이었다. 마담과 고실장이 태어나기 훨씬 전부터 그랬다.

어릴 적 물고기는 친구를 사귀고 싶어 수시로 쑥절편
을 들고 골목으로 나갔다. 동네 애들은 떡만 채가고 놓
아인 물고기에게 돌을 던졌다. 그리고 그때마다 아이들
을 쫓아내고 괜찮냐고 물어봐주는 훤칠한 소년이 있었
다. 소년의 이름은 억수였다.

하루는 물고기가 돌에 맞아 눈썹이 찢어지자 억수가

꿈집까지 업어서 데려갔다. 억수를 눈여겨보던 꿈집의 초대 주인, 즉 물고기의 조부는 똑똑한 손자가 더는 다치지 않게 출입을 단속하고 억수를 따로 불렀다. 그리고 품삯을 두둑이 주며 바깥일을 시키기 시작했다.

건강하고 가난했던 억수는 신이 나서 심부름을 다녔다. 꿈을 산 손님에게 배달할 떡을 머리에 이고 미끄러운 오솔길을 다람쥐처럼 날아다녔다.

한편 어릴 땐 돌이나 맞던 물고기는 점차 영험한 산몽가로 성장했다. 스물다섯 살에 가업을 물려받아 어엿한 꿈집 주인이 되었고, 꿈으로 국운을 보며 세간의 주목을 받았다. 특히 차기 대통령을 보는 족집게 예지몽으로 각광받아, 독재정권 치하에서는 잠시 신변의 위협을 받기도 했었다.

물고기가 취재에 응하거나 고객과 상담할 때마다 억수는 그림자처럼 동행하며 물고기의 수화를 자기의 목소리로 옮겼다. 억수는 물고기의 벗이자 비서, 경호원이었다.

형제처럼 붙어 다녔으나 그들의 거처는 엄연히 달랐다. 일찍 결혼한 억수도 억수의 처도 이를 이상하게 여기지 않았지만 아직 혀 짧은 소리를 내는 억수의 어린 딸만은 갸우뚱거렸다.

"왜요, 아버지? 왜 우린 꿈집에 안 살아요? 방도 많고 떡도 많던데 우리도 거기서 사십시다."

어른 말투를 따라 하는 막둥이의 이마에 억수는 다박 수염을 마구 비볐다. 그러면 딸은 간지럽다고 키득대며 달아났다. 물고기와 가족 같은 사이지만, 피를 나눈 진짜 식구가 아니며 일종의 신분 차이가 있음을 억수는 어린 딸에게 설명하기 어려웠다. 특히 그 시절은 꿈집의 화양연화였다. 지금보다 산몽가들의 위상이 높았고, 평창동 꿈집의 영향으로 다른 산몽가들도 북한산 남쪽 기슭에 꿈집을 차려 일대가 매몽촌賣夢村으로 불렸다. 그러다 70년대 초에 유명 꿈집 하나가 길몽을 재탕 판매한 게 들통나며 업계 전체가 의심을 샀고, 정권의 미신타파 운동과 맞물려 매몽촌의 거품이 급격히 빠졌다. 그런 어려운 시기에도 억수는 우직하게 물고기의 곁을 지켰다.

가끔 딸이 보채면 억수는 딸을 데리고 꿈집에 출근했다. 딸은 유난히 목소리가 컸다. 해가 지고 산몽가들이 잘 준비를 할 때도 웃고 떠들면 억수는 딸의 입에 긴 쑥 절편을 물렸다. 그러면 오물거리느라 조용해졌다.

억수에겐 딸 위로 아들도 있었다. 함께 외출하면 다들 돌아보는, 수려한 아이였다. 철도 일찌감치 들어 어려서부터 아버지의 일을 거들곤 했다. 딱 하나 단점은, 이 아이는 비위가 너무 약하고, 성정도 심약했다. 꿈집은 명절마다 소나 돼지를 잡아 이웃과 나눠 먹었는데, 돼지를 잡는 사람이 바로 억수였다. 한번은 억수가 아들의 담력을 키워줄 겸, 돼지 멱을 딸 때 아들에게 피를 받을 대야를 들고 서 있으라 했는데, 기절한 돼지의 목에 억수가 칼을 꽂는 순간 돼지가 발작해 억수의 아들이 피를 뒤집어썼다. 아들은 대야에 얼굴을 처박고 속엣것을 우르르 게워냈다.

"아이고, 아까운 피!"

억수는 껄껄 웃으며 뻘건 손으로 아들의 뺨을 쓸었고, 아들은 다시 담즙이 나올 때까지 구역질했다.

어쨌거나 억수는 여린 아들도, 맹랑한 딸도 마냥 예뻤다. 그들은 웃으며 정답게 지냈다.

이런 억수네를 풍비박산 낸 비극적인 사건은 억수의 아들이 열세 살 되던 해에 벌어졌다. 그해 2월 말, 어마어마한 폭설이 내렸다. 그래도 평창동 꿈집은 들뜬 분위기였다. 강원도 삼척에서 열릴 정월대보름 축제에 꿈과 떡을 대러 출장 갈 예정이었으니까. 거동이 어려운 자들, 즉 물고기의 아버지인 돼지와 물고기의 딸인 좌객坐客 별당 아씨를 제외한 꿈집의 모든 인력이 동원되는 큰 행사였다.

삼척으로 출발하는 날, 꿈집 사람들은 물고기와 억수를 필두로 움직였다. 이날은 억수의 아들이 서울에 남아 아버지를 대신하여 강남에 떡 배달을 다녀오기로 했다. 오전에 오빠를 따라 꿈집에 놀러온 억수의 딸은 오빠가 배달을 간 사이 꿈집 주방에서 아궁이 불을 쟀다.

땅거미가 내릴 즈음 눈이 그쳤다. 억수의 아들은 발을 질질 끌며 평창동으로 돌아왔다. 돌덩이 같은 떡을 이고 낯선 동네를 헤매다 발을 삔 데다가, 발가락이 얼어붙어 포도알처럼 알알이 떨어질 것 같았다.

꿈집에는 돼지와 별당 아씨뿐이었다. 억수의 아들은 돼지에게 인사를 올리러 안채로 갔다. 동면기라 그런가, 초저녁인데 벌써부터 돼지의 코 고는 소리가 들렸다. 소년은 걸음을 돌렸다. 머뭇거리다 별당으로 향했다. 별당의 띠살문에 노란 불빛이 비치고 아씨의 옆태가 그림자로 드리웠다. 소년은 일을 잘 마쳤다고 말하려다가 그냥 돌아섰다. 메스꺼웠으니까. 다리가 없는 별당 아씨의 작달막한 몸과 중성적인 목소리가 징그러워 마주칠 때마다 소름이 끼쳤다. 물론 내색한 적은 없었다. 평생 종살이를 한 아버지의 피를 물려받고, 굽실대는 부모를 보며 자란 소년이었다. 노예근성이 단단히 배어 반항을 몰랐다. 간혹 성깔 더러운 돼지가 아버지에게 뒷발길질하는 걸 보면 돼지의 침실에 불을 지르는 상상이 그야말로 불길처럼 번졌지만, 이내 자신의 사악함에 풀이 죽었다. 선량한 아버지를 닮고 싶은 게 소년의 진심이었으므로.

언 손을 입김으로 녹이고, 소년은 주방에서 꾸벅꾸벅 졸던 누이의 손을 잡았다.

"집에 가자."

누이가 잠투정을 부렸다.

"여기가 따숩잖아."

"쉿, 목소리가 너무 커."

업어주려 해도 아버지가 아니라 그런가 칭얼거렸다.

"집은 춥단 말야."

오늘 어른들이 없으니 언니 방에서 하룻밤 몰래 자겠다고 좋알거렸다. 언니란 다름 아닌 별당 아씨였다.

"무슨 당치 않은 소리야?"

"나랑 친해. 인사하면 받아주셔."

"쉿, 조용히 안 해?"

"왜 말도 못 하게 해?"

"이게."

소년은 꿀밤을 먹였다.

"왜 때려!"

순간 누이의 뺨을 철썩 갈겼다. 누이의 납작한 코에서 피가 흘렀다. 당황한 소년은 물러서다가, 순식간에 땀이 밴 손으로 누이의 어깨를 잡았다.

"울지 마. 울어서 어르신 깨시면 아버지가 또 발길질 당해. 그래도 좋아?"

누이는 혀로 새빨간 인중을 핥았다. 오빠를 노려보는 눈에서 분한 눈물이 떨어졌다. 소년은 미안해서 등을 쓸어주면서도 피를 보니 울렁거렸다.

"가자."

번철에서 기다란 쑥절편을 집어 건넸다. 누이는 떡만 받고 꿈쩍도 안 했다.

"어머니 아버지 계신 집보다 여기가 좋다고?"

누이는 치기만만하게 끄덕였다. 소년은 누이의 손을

뿌리쳤다.

"그럼 죽을 때까지 여기서 살아라, 계집애야. 이 집 귀신이나 돼라."

화끈거리는 발로 눈을 푹푹 밟으며 소년은 집으로 향했다. 왜 또 혼자냐는 어머니에게 곧 올 거라 말하고 이불을 뒤집어썼다. 누이는 늘 그런 식이었다.

뼛속까지 고단한 밤이었다. 오한에 떨던 소년은 뺨의 통증으로 번쩍 깨어났다. 진흙투성이가 된 아버지가 눈을 부릅뜬 채 소년의 따귀를 후리고 있었다.

"아버지!"

억수가 아들의 멱살을 잡아 끌어올렸다. 소년의 발이 허공을 저었다. 소년은 고개를 돌렸다. 열린 문밖으로 겨울 하늘이 새파랬다. 뜰에는 아버지처럼 흙투성이가 된 어머니가 작은 주검을 껴안은 채 쭈그려 앉아있었다. 아버지가 포효했다. 토굴! 그 외침에 소년도 오열했다. 소년은 간밤의 일을 알 것 같았다. 듣지 않아도 선히 그려졌다. 왜 미처 그 예상을 못했을까.

막상 오빠가 가버리자 누이는 무서웠을 것이다. 평소처럼 금방 주방에서 나왔겠지. 그러다 늘 궁금해하던 앞마당의 토굴을 지나치지 못했을 것이다.

당시 토굴 뚜껑은 지금과 달랐다. 밥솥 뚜껑처럼 한쪽만 맞물린 여닫이 구조였고, 물에도 가라앉는 박달나무로 만들어 얼마나 무거운지, 뚜껑을 들다 놓치면 매몰차게 쿵 닫혀버렸다.

마침 아무도 없으니 누이는 토굴의 뚜껑을 낑낑 들췄을 것이 뻔했다. 동생의 오기로는 그러고도 남았다. 토굴 속을 확인하고는 눈이 휘둥그레졌을 것이다. 깊다란 토굴은 저장고로 쓰여, 맨 밑에는 잡곡 가마니가 성인 남자의 키만큼 쌓여있었다. 그 위엔 과실주가 든 궤짝이, 그 위로는 망태기들이 널려있었는데 거기 담긴 것들이 누이를 사로잡았을 터였다. 고구마와 호박, 잘 말린 살구의 새그러운 향, 약재와 캔 지 얼마 안 된 쌉싸름한 칡 향에 몸이 약한 어머니를 떠올렸을 터. 누이의 손에 잡힐 거리가 아니었지만, 탐나는 건 덤비고 보는 아이였다. 뚜껑 밑에 엎드려 고사리손을 뻗쳤을 테고, 작은 다리로 버티다…… 미끄러져 토굴에 먹혔을 것이다.

그날 밤, 딸이 돌아오지 않자 어머니는 꿈집에 찾아갔다. 그러나 누이를 삼켜놓고 절로 닫힌 토굴 뚜껑을 들어올릴 생각은 하지 못했다. 어머니는 혼비백산, 밤새 일대를 헤맸다.

손부터 떨어졌는지 누이의 흰 뼈가 손목을 뚫고 튀어나와 있었다. 그러나 추락사는 아니었다. 동사도 아니었다. 누이의 목구멍에는 퉁퉁 불어난 쑥절편이 껴있었다. 토굴 안에서 오빠가 준 떡을 먹다가 질식사했던 것이다.

소년의 아버지는 꿈집 일이라면 자다가도 달려갔다. 아버지를 동경했던 소년도 그럴 마음이었다. 하지만 꿈집 사람들은 어린 누이를 외면했다. 돼지도 별당 아씨도 죽어가는 아이 옆에서 단꿈을 꿨다. 아니, 별당 아씨는 잠들지 않았을 것이다. 그럴 시간이 아니었다. 토굴과 별당 사이에 내담이 있다 한들 누이가 우는 소리는 족히 들릴 지적이었다. 더욱이 토굴에 빠진 누이를 최초로 발견한 사람이 별당 아씨였다. 죽은 아이를 안고 우리 딸이 언제 여기 빠졌냐고, 어떻게 찾았냐고 울부짖는 어머니의 절규에도 별당 아씨는 끝내 침묵했다.

딸의 상을 치르자 이번에는 억수의 처가 사라졌다. 억수와 아들은 사시나무처럼 떨며 다시 토굴 뚜껑을 열어야 했다. 어린 딸을 홀로 보낼 수 없었던 젊은 어미는 그 속에서 딸처럼 웅크린 채 얼어 죽었다.

두 번째 상을 치른 뒤, 억수는 서울을 떠나기로 했다. 그러나 억수의 아들은 따르지 않았다.

소년은 동생과 어머니와 함께 꿈집의 귀신이 되기로 작정했다. 소년이 꿈집 주인인 물고기에게 무릎을 꿇으며 죽을 때까지 여기서 일하게 해달라고 빌자 억수는 하나 남은 아들마저 실성했다며 가슴을 쳤다. 그런데도 소년은 고집을 꺾지 않았다. 천륜을 끊고 기어코 꿈집의 방 한 칸을 얻었다. 그리고 찰거머리처럼 반백 년을 기거했다.

꿈집 사람들은 소년을 두려워했다. 물고기부터 그랬다. 물고기는 선대부터 찌던 쑥절편을 더는 만들지 않았다. 손님들의 무병장수를 빌며 길게 뽑은 떡이 어린 것의 명줄을 토막 낼 줄은 용하다는 꿈집 주인도 몰랐다. 꿈집 사람들이 소년을 두려워하는 만큼 떡들은 점점 작아지다 도토리만 해졌다.

물고기는 더 이상 소년에게 몸 쓰는 일도 시키지 않았다. 대신 소년의 요청대로 해몽을 가르쳤다. 소년은 악착같이 적에게 붙어살며 그들이 꾼 형형색색의 꿈들을 풀어헤쳤다.

고실장은 천장에서 내려온 거미를 잡아챘다. 연구실을 박차고 나가 새벽의 꿈집을 둘러보았다. 새까만 하늘에선 초겨울 별들이 그를 요요히 지켜보고 있었다.

꿈집 사람들이 고실장을 무서워할 때 그도 꿈집이 무서웠다. 가장 공포스러운 건 마담. 추한 몰골로 음산한 기운을 뿜는 것이 거대한 해충 같았다. 그런 인간이 죽었어야 했는데…….

기다란 사랑채의 응접실은 한때 산몽가들의 안방이었다. 거기서 물고기와 마담이 수군댈 때마다 어린 고실장은 머릿속으로 불을 질렀다. 그러나 현실에서는 전과 다름없는 종이었다. 그가 저지를 수 있었던 복수의 최대치는 마담에게 들러붙어 누이와 어머니를 끈질기게 상기시키는 것.

하지만 명백히 어린 날의 착각이었다. 그런 방법으로 마담이 불행해질 리가. 최근 고실장이 깨달은 것은, 마담은 그를 적도 동료도 아닌 한낱 직원으로 여겼다는 것이었다. 그렇지 않고서야 어떻게…… 먼지 털 듯 나가라고 할 수 있을까.

평창동 꿈집의 오욕이 되고자 혈혈단신으로 남았으나, 반세기가 지난 지금 그는 산몽업계의 거물이었다. 누이와 어미를 집어삼킨 꿈집을 이제는 원수의 아들이 아닌, 희대의 해몽가로서 지켜낼 작심이었다. 피붙이들을 제물로 바친 만큼 이 꿈집은 영영 번창해야만 옳았다.

"이대로 저물 수는 없어."

고실장은 마담보다, 물고기보다, 초대 창업자보다 꿈집의 권세를 드높일 자신이 있었다. 산몽가가 황금알을 낳는 거위라면 해몽가는 그 알의 가치를 헤아릴 수 있기에.

어수룩한 산몽가들은 도무지 꿈의 값어치를 몰랐다. 의사도 손 못 쓰는 환자를 살리는 것이 꿈이었다. 꿈집이 낳은 위대한 예술가와 지도자는 또 얼마나 많은지!

게다가 이 순간에도 보배로운 길몽을 꾸고도 해몽에 무지하여 그 아까운 기운을 흘려보내는 잠재적 산몽가들이 널렸을 터. 그 보석 같은 꿈들을 평창동에 그러모으는 건 고실장만이 해낼 수 있는 사명이었다. 꿈집을 전대미문의 보석상으로 가꾸리라. 안목 있는 고객들이 찾아오거든 그들의 한을 녹여주고, 새 삶을 선사하리라. 산몽가들에게도 꿈만 꾸도록 종용하는 게 아니라 해몽부터 가르쳐야 했다. 보석을 감별하는 눈을 키우도록. 우선은 대길몽의 보고인 달샘부터 교육해야겠지. 마담은 조건 없이 퍼주는 산몽가를 치켜세우고 합당한 꿈값을 받는 것을 부끄러이 여겼지만, 마담이 틀렸다.

마담 스스로는 부귀영화를 누려놓고 후배들의 출세를 막을 심보인가?

고실장은 땅에 늘어진 자신의 그림자를 발견했다. 환한 달빛이 그의 등을 비췄지만 땅바닥에 열중했다.

"우린 사례 받을 자격이 있어. 허덕대는 인생을 건져 올려주니까. 운을 타고난 산몽가들하고만 부대끼며 살아온 마담은 알 턱이 없지. 소망을 품은 모든 자에게 한 가닥 행운이 얼마나 절박한지."

그림자에게 광기 어린 혼잣말을 퍼부었다. 하지만 그 소리는 매우 희미했다. 산몽가들의 잠을 깨우지 않도록 밤에는 복화술에 가깝게 말하는 습관이 평생에 걸쳐 밴 탓이었다. 이토록 사무친 밤에도 그의 목소리는 바람에 묻히고 입김만 난무하였다.

마담은 고실장 가족의 비극을 목격한 단 한 사람이었다. 증오하는 적이자 평생의 동료였다. 그래서 고실장의 원한과 원대한 꿈을 이해해줄 유일한 사람이었건만.

그러나 마담이 나가라고 하는 순간, 고실장의 마음에서 무언가가 끊어졌다.

"이제 내가 하겠어."

불 꺼진 별당을 노려보며 그는 이를 악물었다.

29

마담은 별당 다락에 서 있었다.

광창의 나무살 사이로 까슬한 새벽바람이 들었다.

꿈집 앞마당 모퉁이. 무성한 계수나무 옆 이 별당은 60년쯤 전, 마담이 열 살 때 지어졌다. 그전에는 뒤뜰에 있는 지금의 사당이 마담의 보금자리였다. 남의 눈에 띄길 꺼리는 마담이 뒤뜰에서 앞마당으로 거처를 옮긴 것은 조부인 돼지 때문이었다.

돼지는 여러모로 자기보다 준수한 아들인 물고기에게 열등감이 깊었다. 그래서 아들이 자리를 비우면 손녀에게 손찌검하며 스트레스를 풀었다. 손이 돼지처럼 두 쪽으로 갈라진 조부는 회초리를 들 수 없고 마담도 걷어붙일 종아리가 없어 조부가 팔을 마구 휘두르면 어린 마담이 등으로 묵묵히 맞았다. 뒤늦게 이를 알게 된 물고기는 어느 새벽, 어린 딸을 안고 돼지의 침실에 잠입했다. 잠든 부친을 깨워 목에 서슬 퍼런 낫을 대고 무언의 경고를 남겼다.

그 후 전보다는 잠잠했지만, 돼지는 욱하면 손녀의 별당에 쳐들어가는 성미를 못 고쳤다. 물고기는 차라리 보는 눈이 많은 앞마당에 딸의 새 별당을 지었다.

어린 마담은 새 별당을 병풍처럼 에두른 내담에 숨어, 대문을 드나드는 손님들의 대화를 엿들었다. 부인들이 얼마나 멋진 양장을 입었을까 궁금했지만, 흉한 몰골을 들킬까 봐 내담을 벗어나지 않았다. 그런 딸을 위해 물고기는 새 별당에 비밀 공간을 추가했다. 높은 천장 아래 반자를 대서 다락방을 만든 것. 그리고 지붕 밑 박공벽에 광창을 뚫어 다락방에서 밖을 볼 수 있도록 했다. 기와를 보수할 때 뒷돈을 찔러가며 비밀리에 공사했기에 사람들은 별당의 다락을 알지 못했다. 새 광창을 신경 쓰는 이도 없었는데, 그런데도 마담이 광창으로 내다보길 주저하자 물고기는 다시 머리를 썼다. 광창 앞에 우람한 계수나무를 바짝 붙여 심어 밖에서는 이파리가 창을 가리게 하고, 딸은 가지 틈새로 마당을 엿볼 수 있게 한 것이었다.

별당을 감싼 내담 앞에는 토굴이 있었다. 안에 곡식

이며 약재를 보관했는데, 집터가 좁을 때 뚫어 위치가 생뚱맞고, 뭘 꺼내기도 불편하니 메우자는 말이 많았다. 그러나 물고기가 반대했다. 토굴은 돼지가 유일하게 두려워하는 것, 그게 딸의 별당을 지켜줄 것 같았다. 토굴은 박달나무 뚜껑만 덮인 채 방치되었다.

과연 돼지는 토굴이 무서워서 한동안 얼씬도 안 했다. 하지만 어느 겨울밤, 인생이 너무도 쓸쓸해 독주를 마시다가 손녀의 새 별당을 급습하고 말았다. 그날은 숙녀가 되어가는 손녀의 치마까지 들쳐 아들인 물고기에게 죽도록 맞았다. 그때까지 살아있던 꿈집의 초대 주인은 이 무슨 콩가루 집안이냐 한탄하면서도 돼지가 자식이라 내치지 못하고 손자인 물고기에게 참아달라 타일렀다.

얼마 후 꿈집 사람들은 삼척 정월대보름 축제에 동원되었다. 돼지와 딸만 두고 가자니 물고기의 속이 타들었다. 색정광 부친에 대한 혐오와 딸에 대한 연민으로 잠 못 이루던 그는 결단을 내렸다.

삼척에 가는 날 새벽, 물고기는 남몰래 딸을 업고 가까운 절로 달려갔다. 능구렁이 같은 노승의 입을 돈으로 막고 딸을 숨겼다. 그리고 딸의 별당에는 자객을 심었다. 돼지가 별당 문을 열거든 단칼에 베어버리라 지시했다.

모두 삼척으로 떠나고, 주인 없는 별당에 자객이 숨어들었다. 자객은 마담의 장옷을 어깨에 두른 채 때를 기다렸다.

시간이 얼마나 흘렀을까. 개미 한 마리도 나타나지 않았다. 날이 저물어 등불을 켜자 띠살문에 자객의 그림자가 여인의 옆태처럼 어룽거렸다. 그래도 돼지는 무소식이었다. 그해 겨울 소곡주에 푹 빠진 돼지가 식구들이 사라지자 제례용 술을 다 털어 마시고 대낮부터 뻗은 까닭이었다.

이날 저녁, 자객은 인기척을 세 번 들었다. 세 번 다 네발로 기어다니는 돼지의 소리는 아니었다.

처음에는 대문이 열리더니 살짝 절름거리는 소리가 났다. 눈 딛는 기척이 가벼운 것이 어른은 아니었다. 발소리는 안채로 향하다가, 자객이 있는 별당으로 다가왔다. 그리고 말없이 돌아섰다. 두 번째 발소리는 첫 번째보다도 가뿐한 것이 꼬마 같았다. 토도독 별당에 뛰어오더니, 빠르게 돌아섰다. 한참 고요했다. 자객은 자는 시늉을 하려 별당의 불을 껐다. 마지막으로 헐떡이는 숨소리가 가까워졌다. 여자였고, 누군가를 애타게 불렀다. 아이를 잃어버린 듯해 자객은 불안해졌다. 아까 조용히 서 있다 간 아이들에게 무슨 일이 생긴 걸까? 여자는 이름을 크게 부르려다가 눈치 보듯 목소리를 낮추고 흐느꼈다. 그게 어찌나 처연한지 자객은 나가서 연유를 묻고픈 충동을 느꼈다. 흐느끼는 여자도 멀어졌다. 그 뒤로는 새벽까지 적막했다.

자객은 동이 트기 전, 피 한 방울 안 묻은 깨끗한 칼을 챙겨 꿈집을 빠져나갔다.

한편 절에 맡겨진 어린 마담은 뒤숭숭했다. 꿈집 밖에서 보낸 처음이자 마지막 밤이었는데, 잠자리도 낯설거니와 아버지가 걱정스러웠다. 마담은 자객의 존재를 몰랐다. 다만 마담을 업고 절을 향해 달리던 아버지에게서 비릿한 쇳내 같은 걸 느꼈다.

어둠이 묽어진 새벽, 마담은 절에서 뛰쳐나왔다. 불길했다. 두 손으로 찬 눈을 짚으며 비탈길을 굴러 내려갔다. 꿈집에 들어서자 새하얀 마당에 발자국이 어지러웠다. 어른의 발 크기. 별당으로 가던 마담은 혼란스러운 족적 사이로 작고 귀여운 발자국 한 줄기를 발견했다. 작은 발자국은 토굴 앞에서 끊겼다. 마담은 피 맛이 나는 침을 삼켰다. 손에 묻은 눈을 털고, 토굴의 뚜껑을 들어올렸다.

동해안에 갔던 무리가 축제의 여흥으로 들썩이며 돌아올 때까지 마담은 멀겋게 토굴 속만 보았다.

나흘 뒤.

짙은 쇳내를 풍기는 사내가 물고기를 찾아왔다. 그 냄새를 아는 마담은 물고기의 집무실 앞에서 아버지와 사내의 대화를 엿들었다. 사내는 자객이었다. 죽어야 할 사람이 살고 애먼 아이가 떠났으니 받기 싫다며 돈을 반납했다.

자객이 대문을 나설 때 마담도 따라갔다. 그의 옷자락을 잡자 자객이 몸을 숙여 마담의 눈을 들여다봤다.

"맘 단단히 먹으시오, 아씨. 아씨가 이런들 달라질 게 없소."

마담은 돌아서는 자객을 붙잡다가 넘어졌다. 자객이 마담을 일으켜 눈을 털어주었다.

"아씨가 별당에 계셨대도 소용없었소. 나 같은 무뢰한도 아이는 살리고 보거든. 한데 그 조그만 계집은 어찌 된 영문인지 토굴에 떨어지며 끽소리도 내지 않았소. 칼처럼 벼려진 내 귀에도 들리지 않았지. 그러니 어쩌겠소? 살려달란 말이 없는 아이에게 무슨 수로 손을 내민단 말이오."

성큼성큼 멀어지는 자객을 쫓아가다 마담은 눈밭에 엎어졌다. 심장이 타들어가는 것 같았다. 그 어여쁜 아이가 왜 입도 뻥긋 않고 죽었는지 알 것 같았다. 억수는 재잘대는 딸이 귀여워 어쩔 줄 모르면서도 해가 지면 재갈을 물리듯 떡을 물렸다. 그래선지 그토록 노래하고 웃길 좋아하면서도 그 여자아이는 조용히 하라고 꾸짖으면 입술을 삐죽일 뿐, 절대로 소리 내지 않았다.

억수의 아들이 꿈집에서 평생 종살이를 하겠다고 맹세하던 밤, 마담은 동아줄을 입에 물고 별당 다락에 올랐다. 광창의 나무 창살을 뽑았다. 몸이 작고 팔은 튼실해 광창 앞 굵은 가지에 버둥대며 올라탈 수 있었다.

이만하면 될까, 밑을 살피며 한 뼘씩 위로 올라갔다. 한순간 꿈집을 에워싼 바깥 담장보다 높은 가지에 설 수 있었다.

"아."

마담은 탄성을 뱉었다. 탁 트인 세상이 두 눈에 파도처럼 밀려들었다. 밤은 바다처럼 드넓고, 멀리 윤슬 같

은 빛들이 떠다녔다. 놀랍게도 그건 밤거리를 활보하는 사람들. 마담은 동아줄을 문 채 몸을 떨었다. 그때,

"어이."

누가 불렀다. 마담이 이파리 뒤에 숨자 발소리가 다가왔다.

"어어이."

풋풋한 20대의 비암이 계수나무 아래에 섰다.

"얼씨구, 자."

짝다리인 그가 지팡이를 던지고 팔을 벌렸다.

"살다 보면 공짜로 뒈질 텐데 뭐 하러 공들여 미리 죽어?"

장차 꿈집 주인이 될 별당 아씨에게 반말로 하대하는 산몽가는 비암뿐이었다.

"들키기 전에 얼른. 아, 팔 저리다고!"

잠든 이들을 깨울 듯 단단한 목소리. 비암은 번데기처럼 떨어지는 마담을 받아들며 나뒹굴었다.

"에이, 무거워."

흙을 털고 절뚝절뚝 사라졌다. 그리고 지금껏 그 밤의 이야기를 꺼내지 않았다.

얼마 후 물고기가 직원들에게 토굴을 메우라 지시했

다. 이번에는 마담이 반대했다.

"쓸 데가 있으니 두십시오."

마담은 새로 맞춘 무쇠 뚜껑으로 토굴을 덮고 자물쇠를 채운 뒤 열쇠를 감췄다. 당시 마담은 토굴에 몸을 던지는 경몽을 이미 꾸기 시작했던 것이다.

30

일요일 밤에 워크샵이 끝났다.

집에 온 달샘은 꿈 일기장이 없는 걸 깨달았다. 성우에게 차를 빌려 꿈집으로 돌아갔다.

잠긴 대문 앞을 서성이자 강아지 복동이 왈왈댔다. 그냥 돌아서려던 달샘은 솜사탕 향을 느꼈다. 쿵쿵, 고개를 들자 담장 위 계수나무 우듬지에 흰 멜론 같은 게 걸려있었다.

"어…… 어?"

심장이 발바닥까지 쿵 떨어졌다. 흰 멜론은 사람의 얼굴이었다. 얼굴은 잎새 틈에서 모빌처럼 빙글 돌아 달샘을 향해 입술을 둥글게 모았다.

"쉿."

31

워크샵이 끝난 밤. 정예들이 해산하고 일요일이라 무
연도 귀가해 드디어 마담만 남았다. 마담은 별당 다락
에서 광창의 나무 창살을 뽑았다. 수십 년간 함께 늙은
계수나무에 손을 뻗었다. 굵은 가지를 디디자 오늘도
야경이 반짝였다.

언뜻 기척이 들렸다. 밑을 굽어보니 달샘이 뭉크의 <절
규> 같은 얼굴로 올려다보고 있었다. 마담은 가지에 매
단 그네 동아줄을 잡고 주욱 미끄러졌다. 휠체어에 타
고 대문을 열자 달샘이 뒤집힌 벌레처럼 바둥거렸다.

"마담, 그러지 마세요!"

죽으려는 줄 아는 모양이었다.

눈이 내리기 시작했다. 달샘은 감몽옥에서 꿈 일기장
을 챙겨 나왔다. 마담은 뜰에서 손을 펼쳐 눈을 받아보
았다. 옆에서 알짱대던 복동이 마담의 소복 치마에 뛰

어오르자 봉긋하던 치마가 푹 꺼졌다. 달샘은 움찔했다.

"반신불수가 아니라 반신인 걸 몰랐더냐?"

달샘은 애매한 대답을 어물거렸다.

"어여 가거라. 산몽가가 밤에 다녀 득 볼 거 없어."

벨이 울렸다. 마담은 휠체어 주머니에서 휴대폰을 꺼냈다. 눈이 오니까 나가지 마시라는 무연의 목소리가 달샘에게도 들렸다. 마담은 통화 후 미간을 조였다.

"볼일이 남은 게야?"

"불안해서 못 가겠어요."

"뛰어내리기라도 할까 보냐."

"그, 그러니까요. 저도 할무니가 계셔서 남 일 같지 않단 말입니다. 오밤중에 뭐 하시는 건가요?"

달샘은 코 닦던 손으로 눈가를 문질렀다.

"바다가 궁금할 따름이었다. 유튜브로 보아하니 밤 물결이 야경을 닮았더군."

달샘은 코를 훌쩍이며 시계를 봤다. 밤 12시 20분.

"그러면, 가시겠어요? 지금 한잠 자고 새벽 서너 시쯤 일어나서 출발하면 동해 바다 볼 수 있어요."

"네가 전담 고객을 잊은 게로구나."

달샘은 어깨를 늘어뜨렸다.

"실은 저도 잠이 안 와서요. 몸을 써야 푹 자는데. 감몽옥에 있을 때도 저를 신생아처럼 고이 다루셔서, 피곤하질 않으니 자꾸 깼어요. 모처럼 밤 운전해서 훌쩍 다녀오면 저도 곯아떨어지지 않을까요? 뭣보다 마담께서 바다를 보시면 좋겠고요. 바다랑 야경은 달라요, 마담. 밤은 고요하지만 바다는 우렁차거든요."

"언성 낮춰라. 낮말은 새가 밤말은 쥐가 듣는다."

"좀 들으면 어떤가요. 뭐든 들어주면 고맙지요."

달샘은 소심하게 구시렁거렸다.

"그럼 말해보아라. 내가 아는 어떤 이는 혀를 함부로 놀려 천벌을 받았다. 또한 내가 아는 어떤 아이는 입을 굳게 다물어 황망히 목숨을 잃었지. 망언하여 벌 받지 아니하고 침묵하여 죽지도 아니하려면 말을 어찌 골라 써야 하겠느냐?"

"그렇게 어려운 건 모릅니다. 더구나 저는 말에 서툴러요."

마담의 검은 눈동자가 대답을 기다렸다.

"그치만…… 나름 답변 드리자면…… 모스크바로 간 용석님의 즉흥 군무처럼 하면 괜찮지 않을까요."

"즉흥 군무?"

"말과 춤이 좀 비슷한 것 같아서요. 자유로이 움직이되 남을 쳐선 안 되겠죠. 춤하고 폭력은 다르니까요. 말도 자유로이 하되, 다른 사람을 안 치면 좋을 것 같은데요."

눈송이들이 까만 밤을 수놓았다. 바람이 불 때마다 풍경이 일렁였다. 군무를 추기에 적절한 밤이었다.

마담은 달샘을 응접실로 데려갔다. 뜨거운 차를 따르며 꿈집이 떡집에서 출발했음을 이야기해주고, 그 옛날 고깃간 사내의 저주와 솜뭉치 예언도 전해주었다.

달샘은 자신이 잠정적 솜뭉치임을 받아들이지 못했다. 마담 눈에서 피눈물을 뽑거나 가업을 잇는 것도 어불성설이었다.

"약속드릴 수 있어요. 제가 죽으면 죽었지 마담께 고통을 드리진 않을 거예요. 꿈집처럼 거창한 건 바라지도 않고요."

"꿈집이 아니라 떡집이면?"

마담이 손깍지를 꼈다.

"전해 들은 바, 고깃간 사내는 묘령의 솜뭉치가 가업을 이으리라 했지, 꿈집이라 한 적이 없었다. 허나 선조들도 고실장도 비암 선생님도 어째서인지 솜뭉치를 꿈집의 후계자로 믿더군."

달샘은 카펫에 엎드려 잠든 복동을 바라보았다.

"죄송하지만, 저는 꿈집이든 떡집이든 예언대로는 못 살 것 같아요. 기대는 말아주세요."

"암만. 마음 따라가는 게 순리겠지."

마담도 복동을 바라보았다.

"일흔 가까이 살아보니, 인간에게 주어진 자유가 퍽 적더구나. 그러니 아끼지 말고 다 써야 해. 나 역시 그랬다. 사람들은 내가 꿈집에 갇혀 산다며 불쌍히 여기거나 미련하다 흉봤지만, 다 내 선택이었지. 고단한 때도 있었으나 어떤 선택에도 아픔은 따르기 마련. 내가 태어날 적에는 찢어지게 가난한 집이 많았었다. 그런 집서 태어났다면 나 같은 불구는 진즉 죽었을 게야. 그러나 있는 집에서 태어난 복으로, 꿈이란 재능까지 얻은 덕에 평생 대접받으며 살았다. 수십 년을 이 집에 붙어 산 건 내 선택이요, 떡을 나누듯 손님들과 복을 나눴으니 이만하면 됐다. 너도 지금처럼 소신껏 살아라."

달샘은 계화차를 홀짝였다. 찻물에 노란 꽃들이 떠다니며 살구 비슷한 향을 풍겼다.

"근데 저주를 내렸던 고깃간 사내분이요. 그분은 마

담의 증조부님께 말로 상처받으셨잖아요. 그분은, 사과를 받으셨을까요?"

마담은 기억을 더듬어보았다.

한참 대답이 돌아오지 않자 달샘이 엉거주춤 일어났다. 새벽 1시가 넘은 시간이었다.

"혹시 괜찮으시면…… 제가 대신 사과드릴까요? 솜뭉치라서가 아니라 그냥, 마담의 지인으로서요. 이렇게 차 마시는 지인이요."

조금 어색했지만 달샘은 꿈집 주방에서 밥을 지었다. 간단한 고깃국을 끓이고 과일을 씻었다. 밥 한 공기는 절구로 찧어 흰 떡을 만들고, 생선과 고기를 꺼내 구웠다. 그 사이 마담은 붓으로 지방문을 써내려갔다.

제사상 앞에 향불을 켜자, 영혼 같은 김이 피어올랐다. 달샘은 고봉밥에 숟가락을 꽂았다. 마담 대신 깊이 절을 올렸다. 이마가 바닥에 닿는 순간 좀 코끝이 뜨거워졌다.

"너무 늦어서 죄송합니다."

마담에게 받은 술을 상에 올렸다.

새벽 3시 반, 눈이 그쳤다. 달샘은 대문을 나서려다가 마담을 우물쭈물 돌아보았다.

"잠들기엔 쫌 애매한데요. 이왕 이렇게 된 거, 바다에 가실래요?"

아까 꿈집에 올 때 성우에게 빌렸던 무쏘는 내부가 널찍했다. 바다에 가기 전 옥인동 집에 들러서 이불과 보온병을 챙기고, 고속도로 휴게소 편의점에서 핫초코와 빵도 집었는데 아침 6시도 되기 전에 강원도 양양에 도착했다. 꼬옥 감은 눈꺼풀의 안쪽처럼 아직 세상이 캄캄했다. 달샘은 바다 가까이 후면주차를 하고 트렁크를 활짝 열었다. 히터를 세게 틀고, 짐칸에 이불을 깐 다음 마담과 나란히 앉았다.

근처 낙산사에는 높이만 16m인 해수관세음보살상이 우뚝 서 있었다. 화강암으로 조각해 어둠 속에서도 희게 돋보이는 보살상과 마담과 달샘은 성마르게 철썩이는 겨울 바다를 나란히 바라보았다.

달샘은 바다보다 마담의 숨소리가 인상적이었다. 엄마를 처음 만난 신생아처럼, 빗방울을 처음 맞는 아이처럼 마담이 모든 촉각을 곤두세우고 있는 게 느껴졌다.

먹색 수면 위로 허옇게 몰려와 사람들을 깨우려는 듯 육지를 떠밀치는 파도는, 크게 울며 부서졌다. 소금기 어린 괄괄한 해풍에 뺨과 귀가 얼얼했지만, 마음의 오랜 앙금이 씻겨나가는 기분이었다. 또한 간절기가 아름답듯, 밤과 아침의 사이가 그러했다. 해가 떠오르기 전별들이 먼저 물러났고, 검던 풍광이 노르스름한 하늘과 짙푸른 바다로 갈라졌다. 마담은 눈조차 깜박이지 않고 어둠이 녹아내리는 순간에 몰입했다.

구름이 적은 날이었다. 수평선에서 갓 솟구친 해는 도시에서보다 커 보였다. 잔주름 같은 물결에 해가 길게 반사되어, 건너갈 수 있는 화려한 다리처럼 보였다.

마담이 꿈을 이뤄준 사람은 파도의 포말처럼 많았으나, 마담의 꿈이 이뤄진 건 이날이 처음이자 마지막이었다. 마담에게는 꿈보다 좋았던 하루였다. 바다를 보며 마셨던 핫초코도 일품이었다.

서울에 돌아온 마담과 달샘은 각각 평창동과 옥인동에서 잠들었다.

해가 중천에 뜬 시간, 마담은 희뿌연 꿈을 꿨다.

키 작은 사내가 터벅터벅 다가왔다. 거칠게 숨 쉬던 그는 녹슨 칼을 챙그렁 던졌다. 칼날의 피가 해묵어 갈색이었다. 그는 마담을 살벌하게 노려보다가, 꺼억 트림을 하고 돌아섰다.

달샘도 상서로운 꿈을 꿨다.

민수연이 고풍스러운 의자에 앉아, 여왕처럼 긴 지팡이를 세우고 있었다. 굵은 함박눈이 쏟아지는 설원이었다. 설원을 감싼 가시덤불에서는 빨간 구슬들이 점멸 중. 그건 흰 뱀들의 눈이었다. 흰 뱀들이 뱃가죽으로 시린 눈을 헤치며 민수연에게 모여들었다. 서로 엉겨 하나의 거대한 백사로 뭉친 뒤, 갈라진 혀로 민수연의 이마를 핥았다. 그리고 지팡이를 쥔 그녀를 나선형으로 끌어안았다. 똬리에 낀 민수연이 눈을 떴다. 루비 같은 뱀의 동공을 마주한 그녀는, 안도하며 뺨을 비볐다. 백사도 억겁의 세월을 돌아 연인을 만난 듯 투명한 눈물을 떨궜다.

잠에서 깬 달샘은 미라처럼 가만있었다. 꿈을 여러 번 복기하고, 잔상이 흩어지지 않게 서서히 일어났다. 《해몽백서》를 펼쳐보니 백사白蛇는 신의 사자使者요, 숙련된 산몽가라도 백사를 영접하기는 어렵다는데.

32

42년 만에 꿈집에 온 백사 길몽에 예를 갖추려 마담과 고실장은 색이 차분한 옷을 입었다. 달샘은 아리송했다.

"백사가 부귀영화의 상징이라고 읽었어요. 제 고객님은 이미 부유하신데 이 꿈이 보탬이 될까요?"

"길조가 무턱대고 재물을 들려주는 게 아니야."

고실장이 말했다.

"재물을 모을 힘을 준다. 불이나 물처럼 근원적인 힘. 물이 갈라진 틈부터 채우듯 꿈도 고객의 빈틈부터 채워줄 거야."

마담이 첨언했다.

"고실장 말대로 꿈은 물을 닮았다. 무얼 타느냐에 따라 약도 되고 독도 되지. 고로 길몽을 약으로 쓸 손님을 가려 받을 줄 알아야 한다."

고실장은 아이패드로 세계보건기구의 엠블럼을 보여

줬다. 지팡이를 감싼 뱀의 형상이 달샘의 꿈과 비슷했다.

"워크숍 때 알려줬던 세계 최초의 종합병원, 잠의 방이 있었던 터키의 아스클레피온을 기억하니? 그 아스클레피온은 그리스 신화 의술의 신 아스클레피오스에게 봉헌된 신전이란다. 한번은 아스클레피오스가 환자를 치료할 때 뱀이 나타나자 지팡이를 던져 죽였다고해. 그러자 다른 뱀이 약초를 물고 와 죽은 뱀의 입에 얹어 살려냈지. 이를 본 아스클레피오스도 같은 약초로 환자를 살렸고, 오늘까지 뱀과 지팡이가 의술의 상징이 되었어. 네 꿈의 치유력을 기대해봄 직하구나."

"앗, 저는 신화를 모르는데 어떻게 이런 꿈을 꿨을까요?"

마담이 먹을 갈며 말했다.

"그러니 예지몽은 네게서 비롯되는 게 아니다. 꿈은 꾸는 것, 즉 빌리는 것. 미래에서 빌린 꿈을 저번처럼 멋대로 고쳐 써선 안 된다."

백사 꿈은 전환점이었다. 달샘은 슬럼프를 떨치고 전처럼 영롱한 꿈을 꾸기 시작했다. 주인공이 민수연일 때도 달샘일 때도 있었는데 고실장은 꿈에서는 나와 남의 구분이 중요치 않다고 했다. 이 시기의 꿈들은 열대 과일처럼 색감이 쨍하며 내용도 신비로웠다.

세공사가 가죽 앞치마에 한 줌 담아준 진주를 탁! 털어 창공에 별무리를 띄우고 갈채 받은 꿈. 대궐 마당에 가마솥을 걸고 국수를 끓여 온 도성 사람들을 배불리 대접하는 꿈. 심해에서 오징어 떼와 춤추다 고래 입속으로 한바탕 빨려들어간 꿈. 백두산 정상에서 태양을 금귤처럼 똑 따먹는 꿈. 무지개 뜬 못에서 민수연의 때를 미는 꿈까지 호화롭고 재미났다.

민수연과의 만남은 일식당에서의 한 번이 다였다. 그래서 더 애틋했다. 달샘은 강륜마저 멀리하며 종일 민수연의 노래를 듣고 사진도 저장하면서 치밀하게 덕질했다.

호사다마라던가. 숱한 길몽들 사이로 경적 같은 악몽이 몇 번 스쳤다. 두 번은 차가운 것이 왼팔을 뚫는 통증에 경련하며 깨어났다. 그럴 땐 마담의 경고가 떠올랐다. 귀에서 쌀이 나오는 꿈을 도려냈으니 몸과 마음이 베이지 않도록, 고객을 위해서라도 조심하라던. 그런 날엔 다시 잠들었다가 흉몽을 꿀까 봐, 그게 민수연에게 악영향을 끼칠까 봐 뜬눈으로 밤을 새웠다. 그러고 나면 식욕이 떨어져 바나나우유로 끼니를 때웠다.

"볼살이 줄었는데? 얼굴도 시뻘겋고."

호빵을 주러 온 성우가 달샘의 이마를 짚었다.

"불덩이네. 감기 아니야?"

달샘은 맥없이 웃었다. 사력을 다해 생산 중이니 자연스러운 일이었다. 수유하는 엄마처럼 몸이 축났지만 사리지 않았다.

달샘이 꿈을 꿀 때마다 민수연에게 떡과 인증서가 배달됐다. 남편의 성의지만 민수연은 꿈집 물건이 꼴 보기 싫었다. 냉동고에 떡을 욱여넣다가 꽉 차서 내던졌다.

"지겨워, 진짜."

주저앉아 한 입 뜯었다. 떡은 불쾌할 만큼 맛있었다.

그날 밤, 고실장은 웬일로 아내의 녹녹한 인사를 받지 못했다. 퇴근 후 아내의 침실로 간 그는 목각처럼 굳었다. 민수연이 손목을 긋던 날처럼 쓰러져있었기 때문이었다. 손에는 떡을 꼭 쥐고 있어서 떡을 먹다 죽은 누이가 겹쳤다. 저도 모르게 아내를 안고 입을 벌려 목구멍부터 확인했다. 그때 민수연이 눈을 떴다.

"여보?"

부부는 멍하다가, 서로를 떼밀었다. 고실장은 서재로 가버렸다. 민수연은 화끈거리는 볼을 감쌌다. 그간 눈물로 불면증을 호소했건만 게걸스레 떡 먹다 잠든 모습을 보이다니. 그러나 부끄러울 새도 없이 다시금 잠이 쏟아졌다.

33

길몽의 약발이 들면 기본적인 식욕, 수면욕, 성욕이 왕성해진다. 민수연이 그랬다. 성장기 아이처럼 부쩍 잘 먹고 잘 자는 아내를 보고 고실장은 윤매니저에게 연락했다. 최근 집에서 담배 냄새가 나서 그가 다녀간 걸 어림짐작했다.

통화 후 고실장은 윤매니저가 민수연의 복귀를 바라는 걸 확인했고, 이를 활용키로 했다.

고실장은 미끈한 수트 차림으로 민수연에게 외식을 제안했다. 민수연도 산뜻한 푸른 원피스를 입고 강아지처럼 즐겁게 따라나섰다.

그들은 약 20년 전, 민수연이 일방적인 결혼 발표를 터뜨렸던 호텔 레스토랑에 앉았다. 프랭크 시나트라의 캐럴이 흘렀다.

"윤매니저 다녀갔지?"

고실장은 민수연의 생선을 썰어줬다.

"콘서트 게스트 정도는 괜찮잖아. 게다가 강륜이고."

"당신 강륜도 알아요?"

"우리 꿈집 비밀 손님이야. 그 친구의 륜綸이 그물을 뜻하거든. 이름대로 좋은 걸 듬뿍 낚으라고 만선滿船이란 별칭으로 부르지. 그 애도 당신처럼 불면증이 심해서 옥토의 길몽을 처방해줬어. 잘 듣더군. 하여간 좋은 기회 같은데?"

글쎄요, 민수연이 야윈 어깨를 으쓱였다.

"당신 무대에서 노래할 때 멋졌어."

고실장은 화이트와인을 맛보았다.

"그 모습 다시 보여준다면 나도 당신에게 크리스마스 선물을 줄게."

"왜 이렇게 잘해줘요?"

"나도 때로는 그리워서. 우리의 짧았던 호시절이."

부부는 각자 침실로 흩어졌다.

고실장은 윤매니저에게 메시지를 보냈다. 그리고 민수연은 남편의 말을 곱씹었다.

이튿날 윤매니저가 민수연에게 유튜브 링크를 보냈

다. 강륜의 팬들이 민수연에게 선물하는 영상이었다. 강륜의 미성이 돋보이는 라이브와 귀엽게 봐달라고 영업하는 팬아트 등. 민수연은 피식 웃었다. 윤매니저로부터 전화가 왔다.

"봤어?"

"유치해."

"강륜 콘서트 빡세게 준비하더라. 버스킹 콘셉트라 직접 기타 치고 수다도 떨 거래. 우리 불러줄 때 가자. 응?"

민수연은 떡을 씹으며 도도하게 말했다.

"어휴, 지겨워. 알았어."

3부

34

무용학도 용석은 모스크바의 한 스튜디오에서 하루 앞으로 다가온 콩쿠르 본선을 준비 중이었다. 새벽부터 이어진 연습으로 허벅지가 터질 것 같았다. 그는 점프하며 불꽃을 내듯 양다리를 교차하는 앙트르샤를 거듭했다.

샤워 후 렌터카 조수석에 앉자, 서울에서부터 동행한 개인 경호원이 핸들을 잡았다. 곧장 날아드는 엄마의 전화. 홍여사는 아들에게 연습량과 허리 통증을 꼼꼼히 물었다.

"괜찮다니까. 참, 꿈집에선 별말 없죠? 뭐…… 흉몽은 당연히 없겠죠?"

"흉몽은 무슨. 개미군한테 받은 꿈 인증서나 잘 갖고 다녀."

"그거 부적 아냐. 걍 영수증이래. 버려도 된대."

"버렸어? 엄마가 간수하랬잖아!"

"안 버렸어. 소리 좀 치지 마요."

고양이의 흉몽으로 과민해진 홍여사는 짜증을 억눌렀다.

"콩쿠르 잘 마치고 오면 버거 먹자."

"내가 애야? 뭔 빵으로 달래요?"

"투덜대지 마. 엄마가 따라가야 하는데 하필 재단 일정이."

"잘하고 갈 거야. 1절만 하시죠."

통화 후 홍여사는 관자놀이를 눌렀다. 마담과 고실장은 권고를 듣지 않으면 거래를 끊겠다는 강수를 두며 출전을 말렸지만, 홍여사는 포기할 수 없었다. 백방으로 알아봐도 군 면제 방법은 콩쿠르 수상뿐. 만일 군대에 간다면 아들은 제대 후에 슬그머니 무용을 관둘 것 같았다.

"나약한 놈."

아들을 사랑하지만 늘 성에 차지 않았다.

"난 군대 가도 괜찮은데."

용석이 젖은 머리를 쓸어넘겼다.

"평생 춤출 텐데 꼴랑 2년이 대수야? 군대 다녀오면

철들어 더 잘 추겠지. 안 그래요?"

경호원이 형식적으로 웃었다.

"답답해 죽겠다고요."

용석은 군대에 갈 각오였다. 종종 허세를 부리지만 속으로는 제일 잘 알았다. 수상은 언감생심. 어차피 용석의 꿈은 트로피가 아니었다. 한 번이라도 춤 자체가 되고 싶었다. 무대에 설 때마다 교수님과 부모님이 떠올라 집중하기 어려웠다. 음악이 흐르는 4분만 다 잊고, 선율에 몸을 실을 수 있다면.

"배고파."

엄마가 맞았다. 콩쿠르 끝나면 버거에 콜라부터 먹고 싶었다. 아토피와 체중 조절로 특별한 날에만 허락되는 메뉴였다.

차가 신호에 걸렸다. 차창 밖으로 러시아 청년들이 담배를 뻐끔거리고 있었다. 죄다 스킨헤드였고, 한 놈이 용석을 보며 혀를 그로테스크하게 늘어뜨렸다. 용석은 재빨리 외면했다.

이튿날 용석은 콩쿠르 대기실의 거울 앞에 섰다. 긴 머리를 묶으려는데 고무줄이 툭 끊어져버렸다. 동시에

명치가 조였다. 복도로 나가 가슴께를 문지르며 동경하는 무용가들의 이름을 읊었다. 조르주 돈, 카를린 칼송, 니진스키…… 좀 도와주십쇼, 선생님들.

그때 알사탕을 문 듯 뺨이 볼록한 여자애가 지나갔다. 그 애의 손목에 파란 고무줄이 걸려있었다.

"Hey, could you lend me that hair tie, please?"

용석이 묻자 알사탕은 눈을 땡그랗게 뜨고 말했다.

"꼬무줄, 이거 줄까예? 한국 사람 맞지예?"

'꼬무줄'에서 용석은 웃음이 터졌다. 알사탕도 "와예?" 하며 덩달아 히죽거렸다. 덕분에 용석은 뻐근하던 통증을 잊었다.

스태프가 용석의 참가번호를 불렀다. 상체를 노출하고 검은 타이츠만 입은 용석이 말끔한 말총머리로 본선 무대에 섰다. 조금 전 알사탕은 머리끈을 주더니 갑자기 사색이 되어선 절대 돌려주지 말고 가지라고 다그쳤다. 왠지 찜찜했지만, 용석은 잡념을 밀쳤다.

푸치니의《라 보엠》중 <그대의 찬 손>을 편곡한 바이올린 독주가 흘렀다. 용석의 장딴지가 가을 모과처럼 단단히 부풀고, 심사위원의 눈동자가 그를 초 단위로 평가했다. 새끼손가락까지 곡진하게 움직이는 용석의 이마에 구슬땀이 흘렀다. 뜨겁게 춤추던 그는 클라이맥스에서 입을 오므려 호흡을 멈추고, 필사적으로 허공에 몸을 띄웠다. 다시는 땅에 내려오지 않을 사람처럼 길고 환상적인 발롱을 선보였다.

그 시간 서울의 밤.

안개가 평창동 산기슭에 고여 꿈집 풍경이 몽환적이었다. 마담은 전에 봤던 용석의 연습 영상을 다시 감상하고 있었다. 중력을 거스르고 높이 뛰는 화면 속 용석도, 휠체어에 의지한 마담도 땅에 발이 닿지 않는 것은 같았다.

고실장은 부암동 자택에서 마담의 손글씨를 모사하고 있었다. 마담의 필체는 물고기의 것과 비슷하며, 고실장도 물고기에게 서법을 배워 따라 하기 쉬웠다.

민수연이 노크했다.

"바빠요?"

"아니. 할 말 있소?"

고실장은 종이를 뒤집고 엷은 미소를 지었다.

"강릉 콘서트에 서기로 했어요. 같이 두 곡 부르기로."

"그래?"

민수연은 아이처럼 끄덕였다.

"화이트와인 한잔할래요?"

"그럽시다."

민수연이 큰 무대에 서다니, 아내를 인간 병기로 활용하고픈 고실장에게는 잘된 일이었다.

그런데 민수연이 와인 잔을 고를 때 고실장의 휴대폰이 울렸다. 이 시간이라면, 그는 악재를 직감했다.

"예, 마담."

경직된 채 현관으로 걸어갔다.

"어디 가요?"

"먼저 자."

"설마 평창동? 오밤중에?"

고실장은 대답도 않고 사라졌다. 시무룩하던 민수연은 눈썹을 치키곤 와인 잔을 현관에 내던졌다. 우는 것도 진력이 났다. 입술을 깨물고 남은 잔도 힘껏 던졌다. 파편이 튀자 속이 후련해졌다. 눅눅한 슬픔이 분노로 전환된 찰나였다.

달샘은 원시적인 꿈을 꾸고 있었다. 멧돼지의 등에

업혀 노란 꽃이 만발한 산을 흥겹게 오르다가, 멧돼지의 앞발이 나무뿌리에 걸려 잠시 주춤했다. 그래도 덕분에 다람쥐 한 마리가 달샘에게 쏙 안겼다. 멧돼지는 달샘과 다람쥐를 태우고 다시 봉우리로 돌진했다. 속도가 오르자 샛노란 꽃들이 달샘의 눈에 쏟아지듯 환했다. 달콤한 꿀 향기는 덤이었다.

개미도 취침 중이었다. 정예 중 깨어있는 건 고양이뿐.

"보살님."

고양이는 기진맥진 염주를 돌렸다. 전원을 꺼두는 여느 밤과 달리 수시로 휴대폰을 체크했다.

한국은 새벽 1시, 모스크바는 저녁 7시. 콩쿠르가 끝났을 텐데 잠잠했다.

"연락 좀 주지. 필요할 때만 찾나."

용석 걱정으로 늙어갔다. 서랍에서 두통약을 찾아보다 젖빛 액체가 담긴 작은 유리병을 집었다. 머뭇거리던 고양이는 유리병에 주사기를 꽂고 피스톤을 당겼다. 그리고 소매를 조금 걷다가, 고개를 저었다.

"안 돼. 더는 안 돼."

때마침 휴대폰이 울렸다. 그녀는 다급히 받았다.

"실장님?"

성북동에서는 개미의 엄마가 아들을 흔들었다.

"아들, 꿈집에서 연락 왔어!"

차를 모는 고양이와 택시에 탄 개미는 신경이 바짝 곤두섰다. 두 산몽가가 회의실에 내려가자 마담과 무연이 기다리고 있었다. 마담이 입을 열었다.

"용석군이 수상했다. 동양인 최초로 그랑프리야."

"예스!"

개미가 점프했다. 고양이는 흘러내리듯 주저앉았다.

"다친 덴 없대요? 빨리 오라고 전해주세요."

"안타깝게도 그럴 수 없군."

마담의 안색이 탁했다.

"용석군이 수상 직후 실종되었다."

35

기적이었다. 실수만 없길 바랐는데 춤의 여신 테르프시코레가 용석을 안고 춘 듯 모든 동작이 완벽했다. 꿈 같은 시상식에서 엄마의 축하 전화를 받았다. 엄마는 감격하면서도 위태로운 목소리로 빨리 귀국하라고 닦달했다.

"지금요? 생애 최고의 순간에?"

용석은 황당했지만, 짚이는 게 있었다. 축하주만 몇 잔 들이켜고, 애프터파티도 즐기지 못한 채 경호원에게 이끌려 차에 탔다. 바로 공항에 가는 걸 알고는 히스테리를 부렸다.

"나 메이크업도 못 지웠어. 밥도 못 먹었다고요!"

결국 경호원이 대로변에 차를 대고 버거를 사러 나갔다. 용석은 씩씩대다가 갑자기 폭소했다.

"그랑프리, 용석 초이!"

블루투스 헤드폰을 쓰고 <그대의 찬 손>을 재생했다.

지긋지긋하던 음악이 이렇게 감미로울 수가. 그는 차에서 내려 밤거리에서 앙코르를 펼쳤다. 긴 팔로 폴드브라를 하는데 자전거가 빠르게 곁을 스쳤다.

"아오, 다칠 뻔했잖아!"

용석은 버럭대다 목을 길게 뺐다.

"알사탕?"

머리끈을 빌려줬던 여자애가 엉엉 울며 페달을 밟고 있었다. 용석은 머리를 풀어헤치고 따라 달렸다.

"어이!"

알사탕은 좁고 긴 굴다리 밑으로 들어갔다. 용석도 따라갔지만 샴페인 취기에 무릎이 풀렸다.

"에이씨, 번호 따려 했더니."

캄캄한 굴다리 밑에서 숨을 골랐다. 헤드폰에서는 클라이맥스가 빵빵하게 터졌다. 그는 허리를 숙인 채 껄껄댔다.

"그랑프리!"

북받친 나머지 앞에서 바이크가 오는 것도 몰랐다. 바이크 라이더도 어둠에 묻힌 용석을 못 보고 푹 치며 지나갔다. 용석이 엎어지자 라이더는 잠깐 돌아보고 속도를 높여 도주해버렸다.

마담과 개미, 고양이는 참담했다. 액막이로 보낼 꿈이 필요하지만 개미도 자다 깨서 수확이 없었다.

고실장이 잠옷 차림의 달샘을 데려왔다. 달샘은 꿈 일기장부터 꺼냈다. 쓸만한 건 몽땅 민수연에게 보내 재고가 없었다. 달샘이 잠긴 목소리로 말했다.

"신상이 있어요. 방금 꾼 꿈이요."

다른 일들처럼 꿈도 결말이 중요하다. 달샘이 멧돼지, 다람쥐와 정상에서 만세를 부른 직후 고실장이 떡집 문을 두드려서 꿈의 엔딩까지 목격할 수 있었다. 달샘이 구두로 보고하자 고실장이 말했다.

"마담, 액막이로 보내시죠. 꿈 등급을 따질 때가 아닙니다."

마담이 끄덕였다.

"옥토, 품앗이를 하자꾸나. 네 꿈을 개미와 고양이의 고객께 보내야겠어."

민수연의 전담인 달샘이 고실장의 눈치를 살피자 마담과 고실장이 동시에 다그쳤다.

"얼른!"

고실장은 달샘이 서명한 인증서를 쥐고 공항으로 향했다. 개미가 따라나섰다.

고양이는 추운 듯 어깨가 후들거렸다.

"이럴 줄 알았어. 제가 안 된다고 말씀드렸잖아요."

"액막이를 보냈으니 할 수 있는 건 다 했다. 그만들 가봐."

"마담, 제 말 안 들리세요?"

고양이가 다가서자 무연이 가로막았다.

"위험하다고 경고 드렸잖아요."

"고객이 다친들 네게 책임 지우랴?"

"애초에 책임질 일을 안 만들 수 있었어요. 소문이 사실인가요? 혜안을 잃으신 거예요? 그래서 저딴 풋내기를 후계자로 들이셨나요?"

고양이의 손끝이 달샘을 가리켰다. 마담이 원탁을 쾅 내리쳤다.

"건방 떨지 마라!"

"왜 저만 모질게 대하세요? 제가 신참만도 못한가요? 저 10년 넘게 헌신했어요. 다른 꿈집에서 유혹이 와도 참았다고요!"

"나가래도 악착같이 붙어있던 건 너다. 싫으면 지금이라도 나가!"

고양이는 정예 팔찌를 물어뜯었다. 놋쇠 구슬과 나무

명패가 튕겨 나갔다.

"감히!"

무연이 고양이를 끌고 나갔다. 고양이는 옴짝달싹 못하는 달샘을 실핏줄이 터진 눈으로 노려보았다.

"후회하실 겁니다, 마담."

고실장과 개미가 인천공항에 도착했다. 출국을 앞둔 홍여사는 인증서를 낚아챈 뒤 개미의 뺨을 갈겼다. 개미는 피하지 않고 눈을 꾹 감았다.

모스크바에서는 붉은 광장의 시계탑이 시침과 초침을 포개며 자정을 알렸다. 콩쿠르에서 탈락한 소영은 기숙사에서 돌아와 보드카를 꺼냈다. 장학생으로 유학 왔지만 행운은 거기까지. 러시아에 오고부터 되는 일이 없었다. 소영보다 더 답답해하던 엄마는 점집에 다녀오더니 남에게 물건 빌려주지 말라고 신신당부했다. 그래서 룸메이트와 치약까지 따로 썼건만, 웬 한국 남자애가 부탁하길래 머리끈을 빌려주고는 아차 싶었다. 빌려주느니 차라리 줘버렸지만, 결과를 보니 운이 그쪽으로 갈아탔다. 유망주도 아닌 애가 무려 그랑프리라니.

"엄마 말 들을걸."

아까 용석이 자신을 쫓아온 걸 소영은 알고 있었다. 우는 모습을 보이기 싫어 외진 굴다리 밑에서 따돌렸더랬다. 기숙사와 가깝지만 음침해서 평소에는 피하던 길이었다. 입안 가득 쓴 술을 머금고 휴대폰으로 SNS 앱을 열었다. 속속 올라오는 콩쿠르 애프터파티 사진들을 부러워하다가 심상치 않은 게시물을 발견했다.

"엄마야. 이 뭐꼬?"

사라진 용석을 찾는 글이었다. 용석의 경호원이 콩쿠르 주최 측에 그의 실종을 알려 속보마저 뜨기 시작했는데, 소영은 집으로 왔던 길을 떠올리곤 자전거에 올라탔다.

음습한 굴다리 밑, 몇 시간 전 용석을 쳤던 라이더와 그의 친구들이 엎어진 용석을 에워쌌다. 용석의 주머니를 뒤적이려는 찰나, 비명이 메아리쳤다. 일당은 두리번댔다. 멀리서 여자가 휴대폰에 대고 속사포로 구조를 요청하고 있었다. 일당은 칼을 쥐었다가, 여자의 유창한 러시아어와 희미한 사이렌 소리에 반대편으로 흩어졌다. 소영이 용석에게 달려갔다.

"보소!"

신들린 듯 춤췄던 몸이 점토처럼 차가웠다. 손목에는 소영의 파란 머리끈이 걸려있었다.

12시간 뒤, 현지 병원에 홍여사가 나타났다. 외국인 의사 앞에서 무작정 오열하는 그녀를 소영이 진정시켰다.

"의사 쌤께서 천만다행이래예. 어깨가 탈골되었지만 수술이 잘됐다고요. 그보다 스트레스가 억수로 심했다 카는데예."

병원 소견으로는 실신할 정도의 충돌은 아니었다. 긴장이 덜 풀린 채 부딪쳐 과한 쇼크를 받았으며, 쓰러진후 저체온증이 있었지만 그보다 장소가 위험했다고 설명했다. 그 굴다리의 별명은 블랙홀, 악명 높은 우범지대였으니까.

36

고양이는 12년 만에 고향인 일본 고베로 돌아가기로 했다. 고객들에게 메일을 쓰고, 대학원에 자퇴서를 냈다. 집과 차, 휴대폰을 처분하기까지 열흘이 채 안 걸렸다. 마지막으로 꿈집에 사직서를 냈다.

고실장이 배웅했다. 고양이와 평창동 언덕을 내려가며 그가 봉투를 꺼냈다. 고양이가 받지 않자 코트 주머니에 넣어주었다.

"쉬고 있어. 금방 연락하마."

"연락 마세요."

"조금만 기다리렴. 곧 네 수고를 다 보상받을 수 있어."

봉투에는 여의도호텔의 객실 카드키가 들어있었다.

마담은 별당에서 나오지 않았다. 길몽을 가져온 달샘도 만나지 않아 고실장이 홀로 면담했다.

"어제 세 편이나 꿨다고?"

"네."

달샘은 퉁퉁 부은 눈을 비볐다. 꿈집 사람들이 저마다 힘거운데, 달샘이 할 수 있는 건 주어진 일을 하는 것뿐이었다. 동지가 코앞이라 달샘은 매일 14시간쯤 잤다. 민수연이 강륜의 콘서트 게스트로 출연한다는 놀라운 뉴스를 접하곤 더욱 분발했다.

"돼지 꿈이 둘이었어요."

지난밤 첫 꿈에는 달샘이 등장하지 않았다. 대신 민수연이 상쾌한 드라이브를 즐겼고 그 기분이 잠든 달샘에게 오롯이 느껴졌다. 신호등이 쭉 초록이라 막힘이 없었다. 목적지는 마포구. 야외주차장에 내리자 승합차만 한 돼지가 엎드려 자고 있었다. 민수연은 돼지의 토실한 뺨을 쓸었다. 따스했다. 돼지가 실눈을 뜨고 샐쭉 웃었다.

"히히."

두 번째 꿈은 달샘이 주인공. 압정이 쏟아진 바닥에서 아기 돼지들이 밟지 않으려고 우왕좌왕이었다. 달샘은 돼지들을 탁자에 올려주었다. 마지막 놈까지 구하자 작은 흑돼지가 당돌하게 외쳤다.

"우릴 구해주었으니 보답하리다!"

여기까지 꾸고 화장실에 다녀왔다.

세 번째 꿈은 심플했다. 민수연을 업고 청보리밭을 하염없이 걸었다. 아무리 나아가도 지치지 않았지만 이파리처럼 가벼운 민수연이 바람에 날아갈까 조심스러웠다.

민수연은 평생 긴 생머리였다. 그러나 달샘의 꿈에선 언제나 단발. 꿈의 새 헤어스타일은 긍정적인 변화를 뜻하므로 좋다고 고실장은 해석했다. 그러다 퇴근했을 때 정말 단발로 자른 민수연이 밝게 반기자, 생각에 잠겼다.

설마 옥토가 경몽도 꾸는 것일까?

민수연은 마포에서 윤매니저를 만났다며 조잘거렸다. 이는 달샘이 보고했던, 마포의 주차장에서 돼지를 만났다는 꿈을 상기시켰다.

이제 고실장은 달샘이 예언 속 솜뭉치임을 확신했다. 기묘한 산몽가를 한둘 본 게 아니지만, 산몽가와 손님의 관계를 이토록 가까이서 관찰한 건 처음이었다. 달샘과 민수연의 연결고리는 종이 계약서뿐이고 그조차도 고실장이 아내 대신 서명했는데, 기운의 전이가 어찌 가능한지 경이로웠다. 아무튼 달샘이 애쓰는 만큼 그도 은밀한 작업에 박차를 가했다.

12월 22일 동짓날.

달샘의 전담 마지막 밤, 민수연은 고실장에게 콘서트 티켓을 건넸다.

"올 거죠?"

고실장은 미소로 답했다. 오늘 밤 달샘이 화룡점정의 대길몽을 꿔주길, 그래서 민수연의 오랜 비분강개를 폭발시켜주길 바랐다.

달샘은 옥인동에서 할머니와 동지팥죽을 먹고, 큰 대야에 다시마를 띄워 반신욕을 했다. 꿀을 한 숟갈 떠먹고 책을 서너 장 넘기자 잠이 솔솔 왔다.

산몽가로서 마지막 꿈의 서두는 민수연과 계약 후 처음으로 꿨던 꿈과 비슷했다. 눈을 감은 채 납작하게 누운 민수연. 그녀가 입을 달싹여서 달샘은 귀 기울였다.

"뭐라고요?"

민수연은 대답 대신 뜨거운 한숨을 뿜었다. 그 열기에 달샘이 가루로 바스러졌다. 민수연이 숨을 들이켜자 입자가 된 달샘이 그녀의 입으로 흡수되었다.

고래에게 먹힌 피노키오처럼 민수연의 배 속에 갇힌

달샘은 허기졌다. 마침 주머니에 복떡이 하나 있어 먹으려는데, 뼈만 남은 노파가 팔을 잡았다. 떡을 양보하려 하자 또 다른 이가 달샘을 붙잡았다. 역시 뼈만 남은 꼬맹이. 여기저기서 해골 같은 사람들이 떡에 몰려들었다. 그런데 보아하니, 다 동일 인물이었다. 전부 민수연이었던 것이다. 다양한 연령대의 민수연들이 민수연 안에서 기근에 시달리는 중이었다.

달샘은 좀비 같은 그녀들을 진정시켰다. 무릎을 꿇고, 일단 미친 듯이 손을 비볐다. 팔이 떨어져 나갈 즈음 타는 냄새와 함께 손바닥에 불꽃이 튀었다. 재빨리 바지를 벗어 불을 붙였다. 달샘이 피운 모닥불에 민수연들이 옹기종기 둘러앉아 온기를 쬈다.

달샘은 체념했다.

그래, 복떡 하나로는 다 먹일 수 없어.

이 풍진세상, 어차피 언젠가는 죽겠지.

달리 방법이 없었다. 달샘은 윗도리도 벗고 활활 타는 모닥불에 풀쩍 뛰어들었다. 민수연들은 식겁하다가, 고기가 된 달샘을 뜯어먹기 시작했다. 기운이 났는지 손뼉 치며 환호했다. 그 소리는 민수연의 입으로 새어 노래가 되었다.

37

달샘은 떡집 앞 벤치에서 눈을 감고 광합성을 했다. 불에 뛰어드는 꿈을 꿨지만 양기를 앗긴 듯 추웠다.

누가 달려오는 소리가 들렸다. 익숙한 저 기척은,

"누나."

오랜만에 아기새였다. 달샘은 미소 지었다.

"잘 지냈어요?"

"아뇨. 누나, 저번에 내가 환불한 꿈 재구매 될까요?"

온라인으로 재구매 버튼을 누르듯 검지를 세우고 물었다.

"나 어떡해요? 분명 가채점했을 땐 괜찮았는데, 수능 성적표 받아보니까 마킹을 삐끗했는지 딱 한 문제 차이로 수능 최저 등급을 못 맞췄어요. 수시 떨어졌어요. 지푸라기라도 잡고 싶어요."

아기새의 눈이 그렁그렁했다. 달샘은 녀석의 검지를 안타깝게 바라보았다.

"새 꿈이 나오면 알려줄게요."

"지금은 없어요? 하나도?"

달샘은 고개를 저었다.

"누나, 나 환불할 때 말려주지."

녀석은 속상한 듯 돌아서서 달렸다. 늘 돌아보지 않고 달리는 아기새를 달샘은 물끄러미 보았다. 달샘을 옥인동에 남게 해준 아이. 멀어지는 그 애를 향해 중얼거렸다.

"네가 달려가는 모든 길이 수월하고 탄탄하길. 위기가 복이 되길."

그러곤 바르르 떨었다. 온기를 한 줌 잃은 듯 추웠다.

맞은편 치킨집에서는 성우가 어슬렁 나왔다.

"아파? 하루 새 홀쭉해졌네."

"응, 다시 찌워야죠."

달샘은 보자기에 복떡을 싸서 평창동으로 건너갔다.

회의실에는 마담만 있었다. 달샘이 마지막 꿈을 보고 하자 잠시 고요했다.

"옥황상제와 달토끼 설화를 기억할 테지. 너는 불에 뛰어든 토끼가 이상하다 했으나, 이번 생에도 고기가 되었군."

마담은 인증서에 길몽 표기 대신 선善을 크게 적었다.

"착할 선이다. 양 양羊에 입 구口를 더한 모양새. 양털처럼 보드랍게 입가에 맴도는 것이 곧 선일지니. 굶주린 이들의 입을 달래준 선한 길몽이로세."

"입가의 부드러운 것이라면, 노래도 되겠네요."

"한마디의 말일 수도."

마담은 손깍지를 꼈다.

"그간 애썼다."

달샘은 사직서를 냈다. 그리고 마담에게 복떡과 스마트워치를 전했다. 고깃간 사내의 제사상을 차리던 밤, 무연의 전화를 받으려 휴대폰을 꺼내는 모습이 영 불편해 보였었다.

"이걸로 통화도 하고 날씨도 물어볼 수 있어요. 녹음도 되고요."

"새나 쥐처럼 엿듣는 게로군."

"맞아요. 부르면 대답도 합니다."

달샘은 스마트워치 AI 이름을 '옥토'로 설정해두었다.

"옥토, 하고 부르시면 돼요. 다른 거로 바꿔드릴까요?"

"됐다."

팔찌를 반납하려 하자 마담은 기념으로 가지라 했다.
달샘은 기꺼이 받았다.

"그리고 혹시, 내일 바쁘신가요? 괜찮으시면 한강에
밤마실 가시겠어요? 자정에 타는 크루즈가 있는데, 불
꽃놀이를 볼 수 있대요."

원래는 아기새의 로망. 녀석을 위해 김칫국 마시듯
사두었던 티켓을 꺼냈다.

"배를 타면, 마담께서 좋아하시는 야경 속으로 들어
가는 기분일 거예요. 내일 밤 10시쯤 모시러 올까요?"

마담은 옅은 미소로 끄덕였다.

옥인동에 돌아가자 롱패딩에 슬리퍼를 신은 성우가
떡집 앞에서 서성거리고 있었다. 저 사람은 내가 편한
가 보다, 달샘은 생각했다. 로션을 안 발라 허옇게 일어
난 손으로 그가 봉투를 줬다.

"한 장밖에 못 구했어."

강륜의 크리스마스 콘서트 티켓이었다.

"말도 안 돼."

"내일 5시. 시간 되면 다녀와."

"어떻게 구했어요?"

성우는 촌스럽게 웃었다. 순간 달샘은 잉크처럼 뭔가 퍼지는 느낌을 받았다. 나비의 꿈을 산 기억도 떠오르고.

"잠깐만 기다려주세요."

달샘은 집에 내려가 종이를 들고 다시 성우에게 갔다.

"죄송한데 선물은 아니고요, 쌤과 상의하고 싶어서요."

떡집을 어떻게 리모델링하고 싶은지 짬짬이 그려둔 도면이었다.

"당장 의뢰하는 건 아니에요. 그냥…… 우리 다음에 한번 이야기해요."

둘은 어설프게 웃다 각자의 집으로 흩어졌다.

38

12월 24일 아침.

무연이 휠체어에 앉은 마담의 치마를 정돈하고, 케이스를 꺼냈다.

"주말에 백화점 갔다 샀어요. 어울리실 것 같아서요."

선물이 쑥스러운지 무연은 얼버무리고 자리를 피했다. 케이스에는 큼직한 오팔 반지가 들어있었다. 마담은 선뜻 만지지 못했다.

"오늘인가?"

토굴에 떨어져 죽는 경몽을 꿀 때 마담을 유인했던 반지와 흡사했다.

"오늘은 옥토와 배를 타야 하는데."

스마트워치가 '옥토'를 인식하고 날쌔게 대답했다.

"잘 듣지 못했어요. 다시 말씀해주시겠어요?"

마담은 머뭇거리다 불렀다.

"옥토."

"네, 저 여기 있어요."

스마트워치는 꽤 야무졌다.

마담은 무연에게 두 가지를 시켰다. 지하 회의실 샹들리에서 십이지신 장식물을 떼어올 것. 그리고 오늘 밤 외출할 테니 복동을 데려가 하루 보살펴줄 것.

마담은 끼니를 거르고 별당에서 홀로 글을 적었다. 해가 지기 전 만년필 뚜껑을 닫고, 무연에게 크리스마스이브니 일찍 들어가라 했다.

"반지 고맙구나. 안목이 탁월해. 내일 푹 쉬고 모레 이걸 우편으로 부쳐다오."

택배 상자를 건넸다. 받는 이의 이름과 주소가 무연은 생소했다.

"아직 우체국이 열려있습니다. 다녀올까요?"

"아니, 연휴 후에."

"더 필요하신 건요?"

무연은 또 쪼그려 앉아 마담의 치마를 정돈했다. 마담은 무연의 머리에 손을 올렸다.

"없다. 가서 쉬어라."

무연은 기분이 조금 이상했다.

마담은 다락에 올라가 광창에 섰다. 계수나무 가지 사이로 복동을 안고 대문을 나서는 무연이 보였다. 마담은 목피처럼 거친 손을 들고 속삭였다.

"잘 가라, 무연아. 착한 아이야."

39

민수연은 콘서트 대기실에서 스태프들에게 싸여있었다. 메이크업 아티스트가 민수연의 피부 탄력을 극찬했다. 강륜의 콘서트 메이킹을 위해 곁에서 카메라도 여럿 돌아가고 있었다. 요즘 민수연은 주체하기 어려울 만큼 생기가 넘쳤다. 다시 스무 살이 된 기분이랄까. 팬들에게 한마디 해달라는 요청에 렌즈를 향해 수줍게 손흔들었다.

"우리 곧 만나요."

모처럼 남편 앞에서 노래할 생각에 벅차올랐다.

공연 30분 전, 스태프가 커다란 백합 바구니를 가져왔다.

"민수연 선배님, 남편분께서 보내셨어요."

와아, 부러운 탄성이 일었다. 민수연은 발그레 웃으며 향기를 맡고 선물상자를 열었다. 안에 담긴 두툼한 책자를 펼쳐본 그녀는 눈을 의심했다. 그건 이혼 서류 파

일이었다. 더불어 잘 정돈된 발표문이 있었는데 이튿날 고실장이 기자회견에서 폭로할 원고였다. 처가의 폭행과 비리, 민수연의 우울증과 의부증 기록, 고실장의 이혼 요청에 자살 협박으로 응수한 민수연의 문자 메시지 등 그녀의 일가에 불리한 흔적들이 취합되어 있었다.

고실장에게서 전화가 왔다.

"봤어?"

그녀는 말문이 막혔다.

"오늘 무대 즐기렴. 네게 열광하는 관객들이 내일 나의 기자회견 후에는 널 처단할 테니. 참고로 보낸 게 다가 아니란다."

"어디예요? 얘기 좀 해요."

"어디긴. 일하는 중이지."

그는 휴대폰을 꺼버렸다.

"수연아."

윤매니저가 다가왔다.

"이게 뭐야? 공연 직전인데, 싸웠어?"

호흡이 가빠진 민수연의 등을 쓸어주었다.

"힘들어? 심호흡해 봐."

민수연은 가슴이 부풀도록 숨을 마시곤, 어금니를 깨

물었다.

"숨 뱉어야지. 수연아, 괜찮아? 노래할 수 있겠어?"

"할 수 있어."

가까스로 화를 삼켰다. 그리고 핏발 선 눈으로 윤매
니저에게 경고했다.

"노래할 거야. 강륜한테 알리지 마."

선물상자를 닫고 스타일리스트를 불렀다.

"내 의상, 긴팔 말고 민소매도 있었죠?"

온몸이 화끈거렸지만, 더는 숨지 않고 본때를 보여주
기로 작정했다. 고실장의 예상이 적중했던 셈이다.

그가 보낸 기자회견 서류는 페이크였다. 미끼를 던졌
으니 나머지는 민수연에게 맡기고, 그는 부암동 자택을
나섰다.

40

5시가 다가오자 하늘이 청회색으로 변했다. 달샘은 월드컵경기장 스탠딩석에서 공연을 기다렸다. 팬들은 강륜을 향한 뜨거운 가슴으로 앞사람의 등을 떠밀었다. 바주카포 같은 카메라들도 빈 무대를 겨냥했다.

시작을 알리는 드럼 소리! 일제히 환호했다. 흰 조명이 뻗친 순간 달샘은 까치발을 들었다. 멀리 강륜이 잔멸치보다 작게 보였다. 재빨리 망원경을 꺼냈다.

"륜아!"

달샘은 반갑게 손 흔들었다. 우리 드디어 같은 하늘 아래 있어.

첫 곡은 <Jingle Bell Rock>, 요정처럼 청초한 륜과 달리 팬들은 원초적으로 날뛰었다.

그 시간 고양이는 여의도호텔에서 땀 흘리며 자고 있었다. 고실장의 연락을 기다리며 술에 절어 지내느라 밤낮이 바뀌고 컨디션도 엉망이었다. 크리스마스이브인 줄도 모른 채 환청에 시달렸다.

강륜의 노래를 고래고래 따라 부르며 달샘은 민수연을 기대했다. 최근 고실장이 바쁜지 꿈집에서도 안 보이고, 전담 계약이 끝나 인사드리려 해도 약속을 미뤘다. 정산도 그랬다. 달샘은 선급금으로 받은 오천 외에는 꿈집에 반납할 생각이었는데, 메일을 보내도 묵묵부답. 달샘은 혹시 민수연이 또 아픈 걸까 염려되었다.

"여러분, 사랑해요!"

강륜은 팬서비스가 후했다. 강륜이 손 키스를 날리는 사이, 귀에 익은 전주가 흘렀다. 달샘의 눈과 콧구멍이 벌어졌다. 세기말 최고의 히트곡, 민수연의 <손가락이 예쁜 남자>였다. 무대 중앙 스크린이 양쪽으로 갈라지고 검은 홀터넥 드레스를 입은 민수연이 자태를 드러냈다. 달샘은 뒤꿈치를 바짝 들고 망원경으로 그녀의 안색을 살폈다.

"됐어."

스탠딩 마이크를 잡은 저 여자는 6주 전 일식당에서 본 우울증 환자가 아니었다. 민수연은 고혹적인 눈으로 객석을 둘러보았다. 관객들은 내 아이돌 강륜의 우상, 여왕 민수연의 컴백에 박수를 아끼지 않았다. 민수연은 짙게 화장한 눈을 감고 입술을 벌렸다. 그리고……

놀랍게도, 내내 팬들에게 애교 부린 강륜이 머쓱할 만큼 그녀의 노래는 농밀했다. 무대를 활보하지 않고 한자리에 선 채 경기장을 압도하고 말았다. 강륜과 듀엣이지만 그녀의 가창력에 강륜의 음색은 아이의 콧노래처럼 들렸다.

민수연은 전처럼 서정적이지 않았다. 스산할 정도로 깊어 달샘은 팔뚝의 소름을 쓸어내렸다. 엔딩에 달하자 그녀가 희고 가녀린 팔을 높이 들었다. 관객들도 최면에 걸린 듯 팔을 올렸다.

얼어붙은 경기장. 여운에 취해있던 사람들이 하나둘 손뼉을 치며 깨어났다. 우레 같은 박수 속에서 많이들 울었다. 찬란한 부활이었다.

강륜과 민수연은 의자에 앉아 멘트 타임을 가졌다. 성공한 덕후라고 기뻐하면서 강륜이 근황을 물었다. 민수연은 노래할 때와 달리 여린 목소리로 대답했다.

"저는 주로 집에서 지냈어요."

"오, 저도 집돌이에요. 댁에선 주로 뭐 하세요?"

"그냥…… 남편을 기다리는 편이에요. 함께 하는 시간이 적어서요."

"아하, 남편분께서 바쁘신가 봐요."

민수연은 수줍게 끄덕였다.

"그리고 건강이 조금 안 좋아서, 회복하려 노력했어요. 불면증이 있었거든요."

"저도 그랬는데. 지금은 다 나았지만요."

강륜은 팬들에게 브이를 그렸다. 민수연은 그런 강륜을 바라보며 예쁘게 웃다가, 눈망울이 촉촉해졌다. 강륜이 눈치채고 티슈를 건네자, 눈가를 훔치며 사과했다.

"여러분, 죄송해요. 너무 오랜만이라. 초대해주셔서 감사합니다."

허리 숙여 정중히 인사했다. 눈 화장이 번진 그녀는 한층 아름다웠다. 강륜의 팬들은 왠지 슬퍼 보이는 민수연에게 힘껏 갈채를 보내 팬덤의 관대함을 보여주었다. 민수연과 강륜은 <White Christmas>를 어쿠스틱 버전으로 불렀다. 민수연은 아까보다 청아하게 노래하며, 이 곡을 끝으로 세상을 떠날 듯 아련하게 손을 흔들었다. 그 모습이 클로즈업되어 무대의 대형 스크린과 유튜브로 송출되었다. 예리한 관객들이 손목의 주저흔을 발견했다. 생중계를 보던 온라인 관객들의 댓글이 차차 불어났다. 사연을 궁금해하고 걱정하는 여론. 현장에 있는 달샘도 점점 처연해지는 민수연을 보며 불안해졌다.

"여러분, 눈이 와요! 진짜 화이트 크리스마스!"

강륜이 해맑게 하늘을 가리켰다. 고개를 든 달샘은 멍하게 기시감을 느꼈다. 평소 같으면 그냥 넘겼겠지만…… 자세히 오래 바라보았다. 잿빛 구름이 보름달 아래로 흐르는 풍경은, 꿈집 지하의 수묵화를 연상케 했다. 낮의 해나 밤의 달과 달리, 밤낮으로 계수나무를 지키려던 구름들…… 고실장은 계수나무가 마담을 상징한다고 했었다.

"마담."

달샘은 어쩐지 꿈집에 가고 싶어졌다. 인파를 뚫고 나가려 몸부림쳤다. 겨우 빠져나와 지하철 역으로 뛰어갈 무렵, 포털사이트 메인에 속보가 떴다.

민수연, 행방 묘연

민수연이 콘서트 참석 후 개인 SNS에 올린 글을 토대로 한 기사였다. 글을 통해 민수연은 밝은 무대를 선사하고 싶었지만 강륜과 팬들께 누를 끼친 듯하다며 사과를 전했다. 20년 만에 가슴 떨리는 무대에 오르기 직전, 이혼서류를 보낸 남편에게 못내 서운한 마음도 고백했다. 그에게도 노래를 들려주고 싶어 공연에 초대했지만 그는 평생 그러했듯, 오늘도 대표님의 곁을 지키느라 오지 않았다고, 남편의 마음을 얻은 대표님이 참 부럽다는 허심탄회한 글이었다.

　대중은 분노했다. 민수연에 대한 연민도 컸지만, 그보다 강륜의 콘서트 게스트에게 이혼서류를 보냈다는 건 콘서트를 망치려는 작태라고, 이 공연을 고대해온 강륜과 팬덤을 기만한 것이라 여겼다.
　순식간에 고실장의 신상이 털렸다. 평창동 꿈집이 털리고, 꿈집 대표가 나이 든 여성임이 밝혀지자 사람들은 독특한 인물관계도에 상상력을 부여하기 시작했다.
　"그러게, 오랄 때 올 것이지."
　민수연은 입꼬리를 비틀어 올렸다. 그녀는 한동안 자취를 감출 생각이었다.

41

마담은 계수나무 가지 위에 있었다. 크리스마스라 평소보다 더 포근한 야경을 보다가, 꿈집을 둘러보았다. 정겨운 낡은 집.

"이만하면 우리 오래 살았지요. 같이 가십시다."

땅에 내려와 옥색 저고리의 고름을 정돈하고, 앞마당으로 운명을 마중 나갔다. 만약 달샘이 저 문을 열고 와준다면 다 잊고 배를 타러 갈 텐데.

"옥토."

"네, 저 여기 있어요."

스마트워치였다. 마담은 스마트워치와 오팔 반지를 번갈아 보다, 녹음을 지시했다.

담장 너머 주차 소리가 귀에 익었다. 마담은 심호흡했다. 죽음이 달샘보다 한발 앞섰다. 다가오는 발걸음 소리. 초인종이 울리기 전 마담이 외쳤다.

"고실장, 들어오게. 문은 열려있네."

42

크리스마스이브, 마담과 고실장이 앞마당에서 서로를 마주했다. 고실장은 천천히 무릎을 꿇었다. 군말을 떼고, 결론만 이야기했다.

"마담."

오래 기다려온 밤이었다.

"그만하면 길게 사셨습니다. 이제 그만 돌아가 주십시오."

마담에게 죽음을 권했다. 그에게 마담은 몸이 반토막인 반신半身보다, 영혼의 절반이 신과 같은 반신半神으로 느껴졌다. 마담에게는 회유나 거짓이 통하지 않기에 민수연을 대할 때와 달리 진심으로 고백했다.

"두 장의 유서를 썼습니다. 한 장은 제 것, 한 장은 마담의 것입니다. 우선 제 유서가 공개된다면 파장이 클 겁니다. 당사자들은 모르지만 마담께서 경몽으로 보셨던 그들의 처참한 미래를 켜켜이 담았으니까요. 마담께선 지나치게 참혹한 경몽들을 본 뒤에는 구체적인 내용을 함구한 채 손님이 그 일을 비껴갈 때까지 우회적으로 힘쓰셨지요. 예지몽이 예언이 되지 않도록 말입니다. 하지만 해몽가로서 그 꿈들을 마담과 상의했던 저는 모든 걸 기억합니다. 그 기억을 제 유서에 옮겼어요. 양이 적지 않더군요. 반면 제가 써본 마담의 유서는 짧고 명료합니다. 제 것 대신 마담의 유서가 공개되면 손님들이 살아갈 의지를 꺾을 필요도 없고, 마담만 홀가분히 떠나실 수 있지요."

눈바람이 매서웠다. 고실장이 기침했다.

"오늘 떠나주시면, 마담의 유서만 공개하겠습니다. 그러나 제 청을 마다하고 생을 택하신다면, 그땐 제가 죽고 제 유서를 세상에 남기렵니다."

거짓이나 과장이 아니었다. 마담의 여생이 이어진다면 꿈집은 곧 사라질 텐데, 고실장은 꿈집을 잃을 수 없었다.

"주인께서 나가라 하시니 따라야 하지만, 여기에 제 과거와 미래가 있습니다. 더욱이 제 가족의 넋을 두고 어디로 가겠습니까."

"집만 원했다면 애저녁에 자네에게 주었겠지. 허나

자네가 바라는 건 내 자리 아닌가."

"평생 주인으로 사셔서 모르시겠지요. 평생 종으로 산 자로서, 밤마다 이날을 꿈꿨습니다. 사람의 본성 아닙니까."

빛을 등진 마담의 얼굴이 땅속처럼 검었다.

"왜 하필 쐐기처럼 박혀 사는 내 자리를. 자네에겐 자리를 고를 다리가 있거늘, 그게 자유란 생각은 못 했나."

"동상이몽, 각자의 꿈이 있기 마련이지요."

그가 일어나자 무릎에서 흰 눈이 바스스 떨어졌다.

"잠시 생각할 시간을 드리겠습니다. 기다리고 계셨던 걸로 보아 이 정경도 진작 꿈으로 보셨겠지요. 이래서 늘 초조했습니다. 마담의 꿈에서 벗어날 수 없으니까요."

손목을 들어 시간을 확인했다.

"시간을 넉넉히 드리진 못합니다. 산책을 다녀올 테니 잠시 후 제게도 오늘의 결말을 알려주십시오. 바라건대 제가 돌아왔을 때, 저 토굴 속에 계시면 좋겠습니다. 검붉은 피도 차디찬 주검도 더는 가까이서 보고 싶지 않아요. 이따가도 지금처럼 바퀴를 단 채 저를 노려보시면 군말 않고 제가 먼저 가겠습니다. 다만 제 유서가 퍼질 때의 후폭풍은 염두에 두셔야 합니다. 그땐 마담께서 아끼시는 고양이도 자신이 곧 약물 중독으로 사망할 운명임을 알겠지요."

"고실장."

천불이 일었지만 마담은 손깍지를 끼며 응어리를 옭아맸다. 주름진 손가락에서 오팔 반지가 반짝였다.

"하고많은 날을 참아주다 왜 하필 오늘인가?"

"봄까지 나가라 하시니 겨울에 살 방도를 찾아야지요. 오늘 가시면 세간에서 납득할 테고요."

"세간이라?"

"아내가 마담과 저의 관계를 오해합니다. 긴 시간 홀로 슬퍼하다 조금 전 대중에게 토로했지요. 지금쯤 모두 우리 이야기를 떠들 겁니다."

마담은 몇 번 꿈집에 찾아와 음울하게 서 있던 민수연을 회상했다.

"자네 어찌 내게 이런 오욕을."

달샘을 이용한 큰 그림도 알아챘다. 꽁꽁 숨어 살던 민수연이 세상에 나왔다면 그 용기는 달샘의 길몽에서 비롯되었으리.

"감히 대길몽을 그리 쓰다니!"

"마담!"

고실장이 분개했다.

"교만 마십시오. 당신만 산몽가가 아닙니다. 저도 해몽가로서 유쾌하진 않았어요. 이만 갈무리하지요. 칼자루는 마담께 드렸으니 스스로를 베건 저를 베건 자유로이 하십시오. 단, 칼을 쓰지 않고 내려둘 순 없습니다."

그는 코트 안주머니를 두드렸다.

"제 유서는 여기, 마담의 유서는 지금 타고 계신 휠체어에 있으니 가시려거든 지참하십시오."

원망에 찬 소년처럼 턱을 들었다.

"이런 날씨였지요, 누이가 죽던 밤도."

그는 눈보라 속으로 사라졌다.

"꿈보다 더하군."

마담의 혼잣말이 고양이의 귀로 파고들었다. 엄밀히는 고양이가 마담과 고실장의 대화를 실제보다 조금 앞당겨 듣고 있었다. 경몽을 꾸고 있었기 때문에. 마담의 자살을 교사하는 고실장과 마담의 한숨, 매캐하게 타는 냄새, 피비린내, 관절이 벌어지는 통각에 고양이는 비명을 지르며 깨어났다. 팔다리가 마비되듯 힘이 풀렸다.

"경몽, 경몽이야."

고양이는 담요를 박찼다.

달샘은 지하철에서 내려 택시를 타고 평창동으로 향하는 중이었다. 크리스마스 미사에 가려던 무연도 인터넷 뉴스를 보다가 성당 대신 꿈집으로 출발했다.

고실장의 의도대로 흘러갔다. 민수연의 SNS 게시물이 트위터와 유튜브로 확산되었고, 사람들은 '평창동 꿈집'을 검색했으며 질 나쁜 찌라시가 돌기 시작했다.

마담은 절박하게 별당의 다락에 기어 올라갔다. 밤하늘이 곡하듯 뇌성을 터뜨렸고 펑펑 쏟아지는 폭설은 이 땅의 미물들을 하얗게 뒤덮을 기세였다. 마담은 낮에 써둔 편지와 스마트워치를 보석함에 담았다. 순간 달샘이 떠올랐다. 마담은 무너지듯 와락 엎드렸다.

"미안하다."

내가 가면 그 애가 죄책감을 떠안겠지. 달샘이 혼신을 다해 민수연을 살려놓았더니, 손에 피 묻히기 싫은 고실장이 아내를 칼처럼 휘저었다. 누가 잘못했건, 마담이 죽으면 달샘은 다른 이가 아닌 자신을 원망할 아이였다. 고실장의 누이가 떠나고 마담이 오래도록 그랬던 것처럼. 저주받은 건 마담만이 아니었다. 영문 모르고 이용당한 달샘이 저주의 꼬리였다.

"미안하다."

고깃간 사내에게 제사상을 차려주고, 마담에게 새벽 바다를 보여준 사람이었다. 어느 꿈보다 황홀해 깨어나기 싫었던 하루를 선사해주었다. 마담에게서 얻어내려 하지 않고 주려 했던, 마담을 해치지 않으리라 약속하던 아이. 그 무해한 아이에게 악몽만 물려주게 되었다. 네 탓이 아니라 말해주고 싶지만 그럴 수 없어 마담은 피눈물을 삼켰다.

43

꿈집에 돌아온 고실장은 묘하게 안도했다. 마담이 아직 살아있었다.

조금 전 그는 산책에 나서며, 당한 것에 비해 편하게 보내주는구나 싶어 서글퍼졌었다. 새로운 꿈집을 향한 원대한 야망만 없었더라면, 차라리 목숨을 버려 마담에게 더 지독한 고통을 안겼을 텐데. 무엇이 가장 가혹할까? 문득 뚜껑이 열린 토굴이 눈에 띄었다. 고실장은 실소했다. 겁이 났는지, 마담은 토굴에서 조금 떨어진 사랑채 앞에 있었다.

"왜 거기 계십니까?"

"몇 가지는 말하고 가야겠네."

고실장이 비웃었다. 그러자 마담은 칼로 스스로 어깻죽지를 그었다. 옥색 저고리가 선홍색으로 물들자 고실장이 무춤했다.

"자네는 참으로 믿었던 게로군."

"에두르지 말고 직언하십시오."

"자네 가슴에 묻어둔 누이 말일세!"

칼을 쥔 마담의 손이 흔들렸다.

"자네는 누이가 가여워 마음으로 나를 수천 번은 죽였겠지. 내가 자네 누이에게 동아줄만 내려줬어도 살았을 테니. 허나 대답해보게. 내 선친께서 빈집에 나와 조부님만 남겨두고 멀리 가실 분이던가?"

저고리가 붉어질수록 고실장의 주먹이 땀으로 흥건해졌다.

"이제 와 고백함을 용서 말게. 그러나 나도…… 나도 슬펐다네. 자네 누이가 죽던 날 내가 이 집에 없었다는 사실이."

고실장은 별안간 추워졌다. 빨리 어딘가에 들어가고 싶었다. 우선은 칼을 뺏어 헛소리하는 노인의 숨통부터 끊기로 했다. 하지만 마담이 경계를 두르듯 다시 자신의 팔을 그었다. 고실장은 헛구역질했다.

"거짓말."

"나는…… 자네마저 잃고 싶지 않았네. 그날 내 부재를 알았다면 자네는 나보다, 동생을 두고 간 스스로를 벌했을 테니."

"그만."

투항하듯 고실장은 팔을 들었다.

"가겠네, 고실장. 그러니 약속대로 손님들과 직원들은 손대지 말게. 그들은 우리에게 더없는 귀인 아닌가. 다만, 떠나기 전 자네의 누이 이야기를 꺼낸 것은…… 나 역시 한시라도 자네의 증오에서 벗어나고 싶었기 때문일세."

마담의 눈에 맑은 것이 차올랐다. 고실장은 허리를 수그린 채 손을 뻗쳤다. 마담의 치마까지 피가 번졌고, 그는 이제 자신이 무엇을 원하는지 혼란스러워졌다. 누이가 죽을 때 마담이 없었다고…… 어째서?

"마지막으로, 내 자리를 줄 수는 없네. 자네는 그 자격은 없어. 대가를 바라지 않고 내어주는 자가 아니기에. 자네도 그만 이 꿈집을 놔주고 자유로워지게. 지박령들께는 내가 용서를 빌고 저승까지 모시겠네."

마담은 칼을 눈밭에 던졌다. 그리고 성냥을 그어 사랑채에 던졌다. 고실장의 눈동자에 벌건 불길이 비쳤다.

"안 돼."

마담은 사력을 다해 토굴로 돌진하여 휠체어와 함께 추락했다. 머리부터 떨어져 목이 부러졌지만, 질긴 숨이 쉽사리 끊어지질 않았다. 어깨가 탈골된 채 허공에 팔을 젓던 마담은 간신히 자신의 목을 잡고 숨통을 조였다. 증조부의 세 치 혀에서 움튼 지난한 세월이 마침내 끝을 보였다. 쉴 새 없이 세상맛을 탐하고 틈만 나면 찌꺼기 같은 말을 지껄이려 꿈틀대는 저주의 원흉, 혀뿌리를 응징했다.

모두 안녕히.

최후의 순간, 산몽가들이 스쳤다. 몸뚱이 가득 차오른 고통이 눈물로 비어져 나왔다. 미움보다 사랑이 비할 수 없이 아팠다.

미안하다.

미안하다.

미안합니다.

불타는 사랑채 앞에서 허수아비처럼 서 있던 고실장은, 마담을 따라 토굴 쪽으로 걸어갔다. 마당에 들어선 무연이 그를 잡아챘다. 택시에서 내린 달샘은 거대한 불기둥에 휘청였고, 그 뒤에서 고양이가 젖은 얼굴로 넋을 잃고 서 있었다.

44

크리스마스 아침. 마담의 사망 뉴스가 보도됐다.

형사는 왜 거기 있었냐고 물었다. 무연은 사실대로 답했고, 달샘과 고양이, 고실장은 충격으로 대화가 불가했다. 경찰은 평창동의 CCTV, 인근 차량의 블랙박스를 확보한 후 고실장을 재소환했다. 고실장은 쉰 목소리로 내막을 이야기했다. 오래전부터 민수연에게 이혼을 부탁했으며, 마담과는 별개의 일이라고. 그런데도 민수연의 SNS 글 때문에 고실장과 마담의 신상정보가 유출되자 마담에게 폐를 끼친 걸 사죄하려 꿈집에 갔으며, 마담은 혼자 있길 원했다고. 꿈집을 나섰던 고실장은 근처를 맴돌다 염려되어 다시 가보았는데, 이때 마담은 격앙된 상태였다고. 최근에 꿈이 끊기고 지병으로 고생하던 마담은 스캔들로 인한 모멸감에 고실장 앞에서 극단적인 선택을 했다고 털어놓았다.

담당 형사는 고실장을 돌려보냈다. 토굴 속 주검의

두루주머니에서 나온 짧은 유서와 상통한 진술이었다.

고실장의 집 앞에서 고양이가 기다리고 있었다. CCTV에 담기지 않는 현장의 소리를 경몽으로 들었지만 그녀는 아버지처럼 모셔온 고실장을 차마 의심할 수 없었다.

"실장님, 제 꿈에서요."

귀신 같은 몰골로 더듬대는 고양이를 자택에 데리고 들어갔다. 어차피 이젠 민수연도 발을 들이지 않는 집이었다.

"당분간 여기서 지내렴. 형사님께도 말씀드리마. 서울에서 네 보호자는 나니까."

고양이의 얼굴이 일그러졌다.

"실장님, 설마."

뒷걸음치는 고양이의 팔을 고실장이 낚아챘다.

"놔주세요. 놔요."

그는 고양이를 벽에 밀치고 그녀의 소매를 걷었다. 팔오금에 주사 자국이 가득했다.

"이게 네 실체야. 네가 약쟁이인 걸 알고도 사람들이 믿어줄까? 설치지 마라."

"이러려고 서울에 남겨두셨군요. 실장님, 꿈에서 다 들었어요. 저 정말 약 하다 죽어요? 제가 마담의 아픈

손가락이었어요? 그리고 실장님이 마담께 죽음을……"

고실장은 고양이의 턱밑을 움켜쥐었다.

"입조심 해. 한마디만 더하면 네 동료들부터 손볼 테니."

"하나만 여쭤볼게요."

고양이는 황폐한 얼굴로 눈물을 흘렸다.

"당신은 애초에 다 알고 나한테 약을 줬던 건가요?"

"약기운이라도 빌려 편히 자고 싶다고 칭얼댔던 건너야. 배은망덕하긴."

그는 2층의 작은방에 고양이를 가두고 긴 숨을 내뱉었다. 처음부터 알고 준 약은 아니었다. 사고무친으로 나타난 고양이는 어린 시절의 고실장과 비슷했다. 밤마다 떠는 게 딱해서 약을 주었고, 마담이 내쫓으려 하니 연유를 묻다 경몽 이야기를 들었었다.

밤에 형사가 방문했다. 고양이는 저번보다 침착하게 취조에 응했다. 꿈자리가 불길해 꿈집에 찾아갔었다고, 그러나 정작 꿈은 잘 기억나지 않는다고 진술했다.

45

마담의 장례식장에는 사람보다 국화가 많았다. 마담의 길몽을 좋아하던 단골들은 걸음하지 않았고, 뜻밖에 무용학도 용석이 얼굴을 비쳤다. 비암은 마담의 영정사진에서 눈을 떼지 못했다. 강원도에서 바다를 보던 아침, 달샘이 몰래 찍은 것이었다. 오랜 지기를 잃은 비암은 영험한 산몽가가 아니라 기운 없는 노인 같았다.

그의 굽은 등 뒤에서 달샘은 숨죽여 울었다. 그가 나가라고 했을 때 꿈집을 관두지 않은 걸 뼈저리게 후회했다. 그때 나갔다면 민수연과 계약하지 않았을 테니. 예언대로 결국은 달샘의 꿈이 마담을 죽인 셈이었다. 무력해졌다. 마담과 고실장의 관계도 혼란스러웠다. 그러나 모든 걸 차치하고, 마담이 그리웠다.

고실장과 고양이가 도착했다. 상주 자리를 지키던 개미가 고양이에게 다가갔지만 고양이는 동료들을 피해 고실장만 따라다녔다.

달샘은 화장실에서 얼굴을 씻었다. 누가 뒷덜미를 잡아 올렸다.

"고양이님?"

고양이는 문을 잠그고 물을 세게 튼 뒤 속삭였다.

"언제부터 꿈집에 있었어? 마담께서 돌아가시기 전에 널 부르셨잖아."

"마담께서, 저를요?"

"모르는 척 마. 몇 번이나 부르셨잖아."

"전 그날 마담을 못 뵀어요. 제가 갔을 땐 이미."

누가 화장실 문을 열려 했다. 고양이가 경기를 일으켰다.

"괜찮으세요?"

"지금 그 말 진짜야? 그럼 고실장님에 대해 알아봐. 꿈보다 확실한 게 필요해. 특히 유서."

"유서요?"

"지금 건 마담의 진짜 유서가 아냐. 자살이 아니라 타살이라고. 마담을 죽인 건…… 고실장이야."

고양이는 파랗게 질린 채 변기 칸에 몸을 숨겼다.

"나가. 누가 날 찾거든 모른 체해. 그리고 명심해. 마담은 돌아가시기 전에 정말로 널 부르셨어."

46

발인 후 달샘은 택배를 받았다. 마담이 무연에게 맡겼던 상자였다.

내용물은 동물 모양의 청동 조각 두 개와 메모 한 장. 오늘 약속을 못 지킬 듯하지만 조만간 꿈집에서 보자는 메시지였다. 쓴 사람은 마담, 날짜는 마담의 사망일이었다.

동물 조각은 회의실 샹들리에에 붙어있던 십이지신 장식물 중 닭과 쥐. 둘 다 절규하듯 입을 벌렸고, 쥐의 입에서 놋쇠 구슬 두 개가 굴러 나왔다. 닭의 발목에는 고양이가 버리고 나갔던 정예산몽가 팔찌가 묶여있었다. 성우가 함께 살펴보았다.

"달샘아."

그가 팔찌의 놋쇠 구슬을 가리키며 갸웃거렸다. 통 모르겠다는 표정이었다. 혼자서는 어려웠다. 달샘은 개미의 학교에 찾아가고, 나비의 연락처도 알아냈다.

달샘과 개미, 나비가 떡집에 모였다. 닭과 쥐 장식물을 보이며 고양이에게 들은 이야기를 전하자 나비가 화를 냈다.

"고실장님을 의심하는 거야? 지금 제일 힘든 분이셔."

"그치만, 생각할수록 이상해요. 저는 꿈집을 관뒀는데 왜 마담께서 꿈집에서 보자는 메모를 남기셨을까요? 고실장님을 따르던 고양이님은 왜 실장님을 의심하고요? 그냥 넘어가지지가 않아요."

"나도 동감이여."

모스크바 용석 건으로 고양이의 예지력을 다시 본 개미가 동의했다.

"고양이님 말로는 마담께서 돌아가시기 전에 저를 부르셨대요. 근데 어쩌면…… 제가 아니라 스마트워치일지도요. AI 이름을 옥토로 설정했거든요."

나비는 부정했다.

"마담은 명료하셔. 이런 난해한 숙제를 내지 않으신다고."

"그러니 더 확인해야죠. 설명할 여유가 없었을 수도요. 우선은 다 합쳐봐요."

달샘은 정예 팔찌의 놋쇠 구슬들을 모두 모아 성우에

게 건넸다. 쥐 장식물에서 나온 두 개와 고양이의 팔찌에 달린 것까지, 길쭉하며 양끝에 나선형 홈이 파여 있었다. 성우가 일렬로 놓고 순서를 바꿔가며 하나씩 연결하자, 볼트와 너트처럼 맞물려 일직선을 이뤘다. 산몽가들은 깜짝 놀랐다.

"열쇠 같아요."

성우가 끝을 가리켰다.

"작은 이가 달렸죠? 전통적인 구식 열쇠예요."

그는 연결되지 못한 달샘의 구슬을 짚었다.

"이건 다른 구슬이 필요할 것 같네요. 팔찌가 더 있을까요?"

"마담과 비암 선생님 것이요."

"그걸 구해주세요. 그래야 열쇠가 완성될 겁니다."

"마담은 떠나셨고, 비암 쌤은 연락처를 모르잖아여."

"내가 봤어, 염할 때."

나비가 말했다.

"마담께선 마지막에 팔찌를 안 하고 계셨어. 입고 있던 옷과 장신구를 정리할 때도 팔찌는 없었지. 그리고 비암 선생님 거처는…… 내가 알아."

달샘은 십이지신 장식물을 양손에 쥐었다.

"열쇠 꼭 완성하고 싶어요. 제 생각이 과할 수도 있지만 이 닭과 쥐, 아무래도 새와 쥐 같아서요. 낮말을 듣는 새와 밤말을 듣는 쥐요. 열쇠가 생기면, 마담의 이야기를 들을 수 있을지도 몰라요."

47

새해가 밝았다.

경찰은 마담의 사인을 자살로 결론지었다.

1월 말 밤, 달샘과 달샘의 할머니는 성우의 차를 타고 평창동으로 올라갔다. 운전하던 성우가 달샘에게 말했다.

"그만 생각해."

골목에 차를 댔다. 달샘은 조용히 울었다. 어느덧 한 달째였다. 달샘이 걱정돼서 따라온 할머니가 뒤에서 손수건을 내밀었다. 성우는 그걸 달샘의 손에 쥐여 주고 속삭였다.

"나, 네 꿈꾼 적 있다."

그는 의자에 몸을 파묻었다.

"평소에 예지몽은커녕 잡꿈도 안 꾸는데, 네가 마음이 쓰여서 계속 생각하다 보니까 꿈에 나오더라."

그는 달샘의 둥근 뒤통수를 쓰다듬었다.

"마음이 힘들지. 천천히 같이 받아들여 보자. 우리는 잘 헤쳐나가지는 못하는 종족이니까, 오래 걸리더라도 천천히 받아들여 보자."

그는 롱패딩의 주머니를 뒤적여 몇 번 접힌 종이를 꺼냈다. 그리고 펼치지 않은 그대로 만지작거렸다.

"이거, 너희 집 도면이야. 저번에 네가 그려준 것 위에 내가 조금씩 개선해보고 있어. 전에 런던에서 교수님이 나보고 건물 속 사람들을 볼 줄 모른다고 했었는데…… 네 덕에 아주 조금은 알 것 같아. 그래서 이 도면, 계속 주머니에 넣고 다녀보려고. 너는 천천히, 천천히 상황을 받아들여 줘. 그사이에 나는 너랑 할머니가 담긴 집이 어떻게 좋아질 수 있을지…… 천천히 생각해볼게."

새벽 1시쯤 무연이 대문을 열었다. 달샘과 성우, 달샘의 할머니도 꿈집에 들어섰다. 개미와 나비도 제때 왔다. 나비는 비암에게서 받아온 구슬을 성우에게 건넸다.

마담의 팔찌, 그리고 열쇠로 개봉할 무언가를 찾으려 꿈집을 탐색하기 시작했다. 지하 회의실 샹들리에에는 십이지신 동물 조각이 한 마리도 남아있지 않았다. 산몽가들은 두 마리만 달샘에게 보낸 흔적을 지우려 나머지 열 마리를 없앴으리라 추측했다. 그 외에 유의미한 흔적은 없었다. 지상에서도 문과 자물쇠를 점검했지만 구식 열쇠와 아귀가 맞는 건 찾지 못했다. 칼바람이 귀와 뺨을 에는 듯했다. 다 함께 마담의 별당으로 들어갔다.

시대를 풍미한 산몽가의 침실은 검박했다. 이부자리를 보관하는 장롱과 한복 옷장, 마담이 바닥을 짚을 때 쓰던 덧신 같은 장갑 등. 고전 몇 권이 꽂힌 검은 철제 책장도 있었다. 달샘의 할머니가 책들을 조금 밀고 나지막한 둘째 칸에 엉덩이를 붙였다.

"할무니, 힘들어요?"

달샘이 할머니의 손을 잡았다. 그때,

"찾았다."

나비가 손을 뻗었다. 책장의 맨 위 프레임에 마담의 검은 팔찌가 무의미한 끈처럼 묶여있었다. 명패는 없지만 구슬이 달랑였다. 성우가 마담과 비암의 구슬을 나머지 구슬들과 신중하게 연결하자 긴 열쇠가 제 모습을 찾았다.

"이제 열쇠로 열 물건을 찾자."

문제는 방에 물건 자체가 적다는 것이었다. 성우는 할머니가 걸터앉은 책장을 매만졌다.

"책이 너무 없는데."

그는 책장의 뒷벽을 쓰다듬다 바닥에 엎드렸다.

"그래, 이쪽 벽이 기울었네."

"벽이요?"

"바닥하고 벽이 직각이 아니라 둔각으로 만나. 책장도 벽하고 같은 각도로 기울었고. 따로 제작했다는 얘긴데."

그가 책장 맨 아래 칸을 밟았다.

"판의 폭이 위로 갈수록 좁아지는 걸 보면."

위 칸도 밟아봤다.

"책장인 척하는 계단 같기도."

성우는 책장에 올라가 천장을 만졌다. 서까래를 드러낸 보편적인 한옥 천장이 아니라, 그런 뼈대를 평평한 벽면처럼 가린 반자 양식이었다. 반자에는 격자무늬 나무살이 촘촘했다. 손끝으로 쓸어보던 성우가 한 지점을 손톱으로 콕 찔렀다.

"틈새가 있어."

지그시 누르자 격자 일부가 뚜껑처럼 묵직하게 올라갔다. 산몽가들이 입을 벌렸다.

"더그매다."

"더그매요?"

"지붕과 반자 사이를 활용한 공간. 일종의 다락이야."

성우는 반자에 뚫린 네모난 구멍 속으로 홀연 사라졌다. 어렴풋한 감탄사가 들려, 산몽가들도 그를 따라 천장으로 올라갔다. 다락은 층고가 낮아서 좌객이 아닌 그들은 거의 기어 다녀야 했다. 반자가 무게를 못 버틸까 봐 성우만 내려왔다.

정예들은 말을 잃었다. 다락에는 마담의 사적 취향이 고스란했다. 연도별 아이패드와 아이맥을 보면 얼리어답터였다. 상상도 못 한 크루저보드와 새 구두, 벽에는 영화 《빌리 엘리어트》의 팸플릿이 붙어있었다. 무엇보다 좌식책상에는 거북이 모양의 자물쇠로 잠긴 흑단나무 보석함이 그들을 기다리고 있었다. 산몽가들은 기도하듯 열쇠를 꽂았다.

보석함에는 검은 봉투 세 장과 스마트워치가 들어있었다. 마담이 사망 몇 시간 전에 쓴 진짜 유서들로, 각각 정예산몽가들을 위한 글, 무연을 위한 글, 그리고 고실장을 위한 편지였다.

산몽가들은 자기 몫의 봉투를 열었다.

48

어서 와라.

오느라 애썼다.

내일부터 내가 없을 듯하다만

아직은 모든 게 모호하구나.

하여 글도 흐림을 이해해다오.

너희에게 두 가지 이야기를 전하고 싶다.

보여주고픈 이야기와 부탁하고픈 이야기란다.

후자부터 풀자면,

너희 길몽가들이 고양이와 고실장을

이따금 염두에 두면 고맙겠다.

오래전 일이란다.

고양이가 평창동에 오고 얼마 지나지 않아

내 꿈에 그 아이의 미래가 깃들었다.

꿈에서 고양이는 흉몽에 질려

영면할 기세로 약에 취했지.

제비꽃처럼 파랗게 잠들어 깨지 못하는 환시를 본 뒤,

나는 그 애가 꿈집에서 아주 돌아서길 바랐다.

우물 안에서 살아온 나로서는

살릴 방도를 좇는 것 외에는 몰랐으니.

허나 그럴수록 고양이는 오기가 창창하더군.

핍진해질 때까지 흉몽을 꾸면서도

단 하나의 손님도 허투루 모시지 않았다. 고양이는.

하루쯤 쉬어가고픈 마음이 왜 없었을까.

깨끗한 잠이 왜 아니 그리웠을까.

약에 기대려는 심정을 알 것도 같더구나.

모쪼록 고양이가 내 예지몽을 비껴가도록

너희가 마음을 조금씩만 보태다오.

제 운명을 저만 바꿀 수 있다고 믿는 세상이지만

실상 그 반대임을 나 역시 더디 알았다.

내 운명도 다른 이들이 시나브로 다듬어주었지.

손님들께 잔혹한 경몽을

적나라하게 알리지 않은 것도

변화의 여지를 믿었기 때문이다.

나는 경몽으로 내 죽음을 숱하게 보았단다.

어린 날의 경몽에선 약관에 숨 끊는 나를 보았어.

그러나 손님들이 안부를 물어주고, 너희가 마음을 써준 덕에

과분히도 오래 살았다.

오래 산 것이 자랑은 아니다만

너희를 만나 좋았다.

그 많은 산몽가 중 너희를 아낀 연유도

꿈을 내어주는 것에 그치지 않고

가진 것 전부를 주려던 산몽가가 너희였던 까닭이다.

나를 찾아와주었듯

이따금 고양이를 찾아가 준다면

그 아이의 운명도 환기될 터.

같은 마음으로 고실장을 부탁한다.

그의 이야기는 세세히 적지 못함을 양해해다오.
이제 너희에게 보여주고픈 이야기를 전하련다.

고개를 들어라.
광창 나무살을 당겨 계수나무에 올라보아라.
거기서 보이는 세상이 다 너희 몫이다.
광활한 세상을 좁은 눈동자에 담아만 두지 말고
자유로이, 함께 나아가기를.
너희에겐 날개 같은 두 다리가 있으니
널리 복을 나누고 실컷 웃어라.
너희의 복이 마르지 않도록 내가 영영 축복하마.

스마트워치에는 크리스마스이브에 녹음된 음원 두
개가 저장되어 있었다. 산몽가들은 첫 음원을 재생했
다. 마담에게 죽음을 권하는 고실장의 목소리가 나직했
다. 두 번째 음원은 고실장이 떠난 뒤 녹음되었다. 이때
마담은 정예들이 들을 것을 전제로 홀로 육성을 남겼
다. 마담은 진실과 거짓에 대해 짤막하게 이야기했다.
진실은 마담이 고실장에게 평생의 빚을 졌다는 것. 거
짓은 세간에 퍼진 추문이었다. 마담은 추문이 거짓이란

이유로 고실장을 매도치 말라 당부했다. 다만 거짓임을 명백히 하는 이유는 평창동에서 일했던 산몽가들에게 수치심을 남기고 싶지 않기 때문이라고 못박았다.

"가부간 유서에 쓴 내 바람엔 변함이 없다."

끝으로 마담은 달샘에게 말했다.

"고깃간 사내의 예언이 빗나갔다. 죽음을 앞둔 지금 나는 고통스럽지 않아. 더없이 홀가분하구나. 너 역시 예언에 갇힐 것 없겠다. 마음 따라 살아라."

세 산몽가는 마담이 아끼던 야경을 감상했다. 밤이 썰물처럼 빠져나가자 모래알처럼 사연 많은 도시의 아침이 말갛게 드러났다.

이제 꿈에서 깨어 세상으로 나가야 할 시간이었다.

49

민수연은 여전히 호텔 객실에서 칩거 중이었다. 잠시 의기양양했던 그녀는 다시 우울에 침잠하고 있었다.

남편의 말대로 콘서트의 함성은 하루짜리였다. 마담이 죽고, 수척한 고실장의 진술이 언론에 공개되자 여론이 뒤집혔다. 민수연의 폭로가 마담을 죽인 셈이 되었으며 이제는 대중이 민수연을 의처증 환자로 취급했다. 공연장에서 반겨주던 강륜의 팬덤은 콘서트 관련 기사가 죄다 민수연에 관한 것이라고 그녀를 책망했다.

민수연은 커튼을 내린 객실에서 가만히 눈을 감고 누워있었다. 수시로 환청이 들리고, 망자가 된 마담이 아른거렸다. 어떻게 그렇게 바로 죽지…… 민수연은 손목의 흉터를 매만졌다. 현실이 아득히 멀어졌다.

어느 순간 벨 소리가 들려왔다. 문 두드리는 소리도. 밖에서 윤매니저가 제발 받으라고 사정했다. 민수연이 호텔 수화기를 들자 앳된 목소리가 들렸다.

"안녕하세요. 산몽가 옥토입니다."

끊으려 하자 호소했다.

"도와주세요. 고실장님을 위한 거예요."

뭐라도 말하려 했지만 민수연의 입에선 신음만 새어
나왔다.

50

성우의 무쏘에 달샘과 개미, 나비가 탔다. 성우는 마뜩잖게 차를 몰았다.

"그래도 담당 형사님께 말씀드려야지."

세 명의 산몽가는 내키지 않는다는 듯 고개를 저었다.

"아님 다 같이 들어가고."

그건 너무 자극적이라며 다들 웅얼거렸다.

지금 그들은 무작정 고실장의 집에 찾아가는 길이었다. 미리 연락하면 고실장이 고양이를 데리고 사라질 것 같았다. 성우는 경찰에 알리자고 주장했지만, 그러려면 마담의 진짜 유서를 경찰에 보여주어야 했다. 산몽가들은 유서를 경찰보다 고실장이 먼저 보길 원했다. 무엇보다 마담의 말대로, 고실장을 공격하고 싶지 않았다.

"토끼 누나. 유서만 주고 후딱 나와여. 누나가 5분 안에 안 나오면 민수연씨한테 현관문 따달라고 하겠음."

나름대로의 계획이었지만 성우는 깝깝했다.

"칼을 쓰지 않았을 뿐 살인자예요. 달샘 혼자는 위험해요."

"고실장님 칼 쓰셨어요. 제가 그 칼이었어요."

달샘이 말했다.

"어쩌면…… 실장님은 한 사람 더 해치고 싶을지 몰라요. 당신 자신이요. 경찰을 부르면 극단적인 선택을 하실까 봐 겁나요."

스마트워치의 음원을 들으며 산몽가들은 마담과 고실장 사이의 오래된 애증을 미미하게나마 감지했다.

"근데 왜 네가 나서? 넌 잘못도 없는데."

"저 아니면 이번 일 없었을걸요. 그리고……"

달샘은 두 손을 모았다.

"주제넘지만 누군가를 보내보았으니, 누군가를 구할 수도 있음 좋겠어요."

"그러다 네가 죽으면?"

"조심할게요. 쌤을 위해서요."

성우는 사납게 차를 세웠다. 달샘이 그의 등을 두드렸다.

"개미 말대로 제가 안 나오면 민수연씨한테 문 열어달라 하세요."

뒤에서 나비가 끄덕였다.

"그래, 자기야. 낌새가 이상하면 경찰에 잽싸게 신고 할게."

고실장은 거실에 우두커니 서 있었다. 음소거한 TV에서 테니스 경기가 한창이었다. 초인종이 울리자 그는 어깨를 움츠렸다. 인터폰 화면을 보고는 누구던가, 잠시 생각했다. 과거에 함몰된 탓이었다. 그가 버튼을 누르고 대답했다.

"다음에 보자."

"실장님, 마담의 진짜 유서를 가져왔어요."

이명 때문에 달샘의 말을 이해하지 못했다. 고실장은 기다리라 하고 진통제부터 삼켰다. 2층에 올라가 고양이에게 경고했다.

"조용히 있어."

"형사님이세요? 저도 갈래요."

"왜, 약쟁이라 자수하게?"

고양이는 입꼬리를 비틀었다.

"원하신다면. 덤으로 네가 살인마인 것도 불어주지."

고실장이 얼굴을 후렸다. 그가 니트릴 장갑을 끼자 고양이는 허덕였다. 손부터 비볐다.

"실장님, 잘못했어요. 하지 마세요, 제발."

고양이의 팔에 거침없이 피스톤을 눌렀다. 고양이의 동공이 망울 터지듯 확장되었다. 고실장은 장갑을 던지고, 긴 카디건을 걸친 후 달샘을 들였다.

그는 마담의 유서를 훑어보고 돌려주었다. 간결한 사과의 글이었다.

"왜 이런 장난을 치지?"

"아녜요. 마담께서 직접……"

그가 달샘의 멱살을 잡았다.

"실장님. 조금만, 진정하시면."

달샘을 벽으로 밀어 올렸다. 달샘은 다리를 버둥댔다.

"실장님."

2층에서 뭔가 부서지는 소리가 났다. 약 기운을 떨치려 고양이가 사지를 바드락거리는 중이었다. 달샘은 돌아보는 고실장을 밀치고 계단으로 뛰어갔다. 그가 달샘의 머리채를 잡았다.

"왜 왔니."

"유서, 유서 드리려고요."

"그래서 뭐가 달라지지?"

"실장님, 자백도 고려하시는 게……"

"내게 왜 이러니."

다시 목을 조였다. 달샘은 헐떡였다.

"마음이, 마음이 편하셨으면."

"내가 편하길 바라? 왜?"

"고생 많으셨으니까요."

고실장이 지친 미소를 지었다.

"끝까지 역겹도록 착한 척이구나."

달샘을 주방에 끌고 가 식칼을 건넸다.

"그럼 네가 끝내주렴."

달샘은 고개를 덜덜 저었다.

"나도 너희와 그만 부대끼고 싶어."

"실장님, 제발."

온몸에 힘을 준 채 실랑이를 벌이다 뒤로 물러나 눈을 질끈 감은 찰나, 현관문이 열렸다.

"칼 내려요!"

경찰들이 에워싸고 고실장에게 총을 겨눴다. 순간 고실장의 눈동자 초점이 또렷해졌다. 달샘은 그의 눈에서 광기가 사그라들고, 잃어버린 걸 찾듯 두리번대는 것을 보았다. 그는 경찰 뒤에 유령처럼 선 민수연을 발견했다. 그의 눈에 슬픔이 가득 괬다.

"칼 내리세요!"

고실장이 칼을 던졌다. 그는 팔을 내리며 긴 카디건 자락을 젖혔다. 동시에 그가 뒷주머니에서 꺼낸 물건을 보고 달샘의 눈이 커졌다.

"실장님."

달샘이 그의 머리를 감싸는 순간 총성이 울렸다. 총탄이 달샘의 팔뚝을 스쳤다. 달샘은 몸이 기울어지는 것을 느리게 느꼈다. 성우가 눈을 치키고 손을 뻗으며 달려오는 광경이 부옇게 번졌다. 아, 저번에 꿈에서 본 것 같다고 생각했다. 대리석 바닥은 너무나 단단하고 차가워, 야멸친 세상에게 얻어맞는 기분이었다.

달샘은 평창동 꿈을 꿨다. 지금과 달리 소박한 옛 꿈 집. 좁다란 툇마루에는 낯선 사람들. 노부부와 손발이 두 쪽으로 갈라진 사내, 말없이 빙긋 웃는 사내, 그리고 구면인 마담이 있었다.

반듯이 선 마담의 한복 치마 아래로 연둣빛 꽃신이 비어져나왔다. 마담은 달샘에게 떡과 차를 내주었다. 허기졌던 달샘은 남김없이 먹고 툇마루 그늘에 슬그머니 누웠다. 졸음이 쏟아졌다. 그러나 마담은 달샘을 일

으켜 자신의 꽃신을 신겨주고, 그 세계를 등지도록, 옥
인동으로 돌아가도록 배웅해주었다. 마담의 맨발은 아
기 발처럼 희고 보들했다.

4부

51

5년 뒤 추석.

휴일이지만 성우는 광화문의 건축사사무소에서 일하다 백팩을 메고 옥인동으로 퇴근했다.

단층 건물이었던 달샘의 떡집은 공사 끝에 2층짜리 협소주택으로 증축되어 있었다. 1층은 여전히 떡집이었는데 창문을 조금 더 키우고 미닫이문을 손보았다. 그리고 차양막 대신 청록색 처마를 새로 달았다.

떡집 지하에는 계절이 지난 옷과 침구류를 보관했고, 달샘과 할머니는 2층에서 생활했다. 2층에는 작은 테라스를 내서 할머니가 언제든 골목을 내다보며 오가는 사람들을 구경할 수 있었다.

달샘은 여전히 옥상에 자주 올라갔다. 옥상이 한 층 높아지자 인왕산이 조금 더 가깝게 느껴졌다. 이렇게 되기까지 수많은 복떡을 빚었으며, 성우와 머리를 맞댄 날들이 많았다.

평창동 꿈집이 있던 자리는 이제 공원이 되었다. 우람한 계수나무 외에는 꿈집의 흔적이 없었고 토굴도 자취를 감췄지만, 간혹 터에 얽힌 이야기를 듣고 소원을 빌러 오는 사람들이 있었다. 그들은 눈을 감고 손 모아 기도한 뒤, 떠나기 전에 계수나무를 한 번씩 쓸어보았다.

공원이 되기까지는 무연의 공이 컸다. 마담으로부터 별도의 유언과 약간의 유산을 받은 터였다. 달샘과 나비는 계수나무 주위로 복숭아, 무화과, 모과를 심어 틈틈이 가꿨다.

명절을 맞아 정예산몽가들과 무연이 계수나무 아래 돗자리를 펼쳤다. 다들 스스로를 건사하려 애쓰는 중이었다. 꿈꾸는 능력을 회복한 나비는 신사동 꿈집 히프노스에서 팀장으로 재직 중이었고, 고양이는 꾸준히 심리학을 공부하고, 자신도 상담 치료를 받은 끝에 아동심리상담사로 성장하고 있었다. 상담사 자격증을 취득하기 전, 프로포폴 투약을 자백하여 집행유예 2년을 선고받기도 했다. 결코 쉽지 않았지만, 동료 산몽가들의 격려로 약물에 의지하는 습관을 끊은 채 열심히 공부했고, 앞으로도 그럴 계획이었다.

연극영화과에 다니는 개미는 의외로 연기보다 시나리오에 소질을 보여 그쪽 공부를 병행하고 있었다. 무연 역시 늦깎이 대학생이었다. 마담이 떠나고 방황하던 무연은 마음을 다잡고 미대에 들어가더니, 친구와 작은 목공소를 열었다. 머리보다는 손을 쓰는 게 좋고, 나무 향이 좋고, 사람보다 목재와 함께하는 시간이 편하다 했다.

꿈집이 철거된 후 고향 여수로 내려갔던 비암은 그해 겨울, 하늘로 떠났다. 뒤늦게 소식을 듣고 그의 수목장에 찾아간 정예들은 어쩌면 가장 쓸쓸했던 사람은 비암이 아니었을까, 생각했다.

민수연의 소식은 누구도 알지 못했다. 그러나 그녀의 음악은 모두에게 친근했다. 유명 드라마 OST에 예명으로 참여했으니까. TV에서, 카페에서, 그녀의 곡은 수시로 흘러나왔다.

달샘이 여전히 좋아하는 가수 강륜은 건강히 제대한 뒤, 서툴지만 자신의 생각을 담은 곡을 차근차근 써나갔다.

1년에 한두 번 산몽가들과 안부를 나누는 무용가 용석도 폐쇄적인 러시아 국립 발레단에서 살아남으려 하루하루 치열하게 춤을 췄다.

고실장은 1년 전 출소했다. 자살 교사죄로 구속되었
던 그는 신경쇠약으로 의료수용동에 머물렀는데, 꿈집
이나 부암동 자택보다 그곳에서 마음이 안온했음을 고
백했다.

그는 다른 산몽가들의 면회는 사양했지만 단 한 사
람, 나비만은 받아들였다. 나비에게는 그런 힘이 있었
다. 편견 없이 사람을 품는.

출소 후 고실장은 나비에게 긴 여행을 갈 거라 하고
연락이 끊겼다. 뜻밖에도 그는 먼 곳에서 달샘에게 한
번 서신을 보냈다. 의술의 신 아스클레피오스의 이름을
딴 세계 최초의 종합병원, 아스클레피온의 사진이 인쇄
된 엽서였다. 터키 우표가 붙어있었다. 보낸 이의 이름
과 내용이 비어있었지만 달샘은 고실장임을 확신했다.
그 엽서를 보면 막연한 불안감에 잠을 이루기 어려웠
다. 그래도 달샘은 가끔씩 한참을 들여다보았다.

평창동 꿈집의 문을 닫은, 평창동 최후의 산몽가였던
그들은 떡과 술을 나눴다. 가을 계수나무에서 특유의

솜사탕 향이 풍겨 다들 코를 벌름거렸다.

"요새도 뜸해요?"

고양이의 물음에 달샘은 씩 웃으며 끄덕였다. 5년 전 민수연에게 꿈을 쏟은 뒤 두 가지가 달라졌다. 하나는 왼쪽 팔의 큰 흉터. 고실장이 쏜 총탄이 빠르게 회전하며 팔뚝을 스쳤을 때 피부를 움푹하고 넓게 찢어놓아 그로테스크한 상흔이 남았다. 흉터를 본 사람들은 조금 움찔거렸고, 그럴 때 달샘은 왠지 귀에서 쌀이 떨어졌던 옛꿈을 떠올렸다. 꿈의 흉조를 도려내고 보고했을 때 마담은 경고했었다. 달샘의 무언가가 도려질 수 있으니 주의하라고. 흉터는 달 표면의 크고 작은 구멍처럼 울퉁불퉁했다.

달라진 또 하나, 체질이 변한 듯 꿈이 가물었다는 점. 전에는 1년에 300편이 넘는 화사한 길몽을 꿨다면, 5년 전부터는 꿈 없는 날이 그 정도였다. 덕분에 떡에 집중할 수 있었다. 이따금 가물에 콩 나듯 행복한 길몽을 꾸면, 떡을 사 가는 손님 중 유독 어깨가 처진 이에게 꿈을 덤으로 얹어주었다. 물론 손님은 모르지만.

눈을 감고 산들바람을 쐈다.

"아야"

갑자기 달샘의 머리로 뭐가 콩 떨어졌다. 쪼그라든 복숭아였다.

"가을에 웬 복숭아? 나비님, 저번에 우리 다 따지 않았어요?"

"남았었나 보지."

"헐, 길조인가여? 우리 지금 꿈속임?"

보름달이 차츰 환해졌다. 성우가 복숭아를 깎아줘서 그들은 작은 조각을 아삭거리며 나란히 하늘을 보았다.

"옥토. 태몽이 못생긴 달토끼라고 했죠?"

고양이가 물었다.

"네, 최근에 알게 된 반전이 있지만요."

"어떤?"

"갓난아기 때부터 제가 너무 길몽가 상이어서, 태몽을 솔직하게 알려주면 큰 산몽가 되겠다고 나설 것 같았대요. 그래서 부모님이 토끼를 각색했더라고요."

"원래는 토끼가 예뻤대요?"

"아뇨. 못생겼는데 덩치가 집채만 했대요. 전에는 조막만 하다고 하셨거든요."

"근데 누난 왜케 작음?"

개미의 말에 나비가 콧방귀를 뀌었다.

"작긴, 손 큰 거 봐. 이거 다 먹으려면 날 새야겠어."

술잔을 부딪쳤다. 문득 멀리 보름달의 얼룩이 잎새처럼 흔들리는 기분이 들었다. 그들은 잔을 들어 달에게 인사했다.

마담은 달나라의 계수나무로 돌아갔지만 우리의 옥토, 달샘은 아직 땅에 남아 떡을 빚고 있다. 그러니 몸과 마음이 허기지다면 옥인길에 가보아도 좋겠다. 수성동 계곡의 물소리가 들릴 즈음, 청록색 처마를 단 간판 없는 떡집이 보일 것이다. 미닫이문을 열면 앞니 큰 아가씨가 반길 터. 괜스레 허한 날 들러보시길. 그 집은 돌절구를 써서 떡 맛도 참 좋으니까.

옥토끼 이야기는 여기까지다.

겨울밤처럼 긴 글을 읽어준 당신에게 자유와 평화가 가득하길 빌며, 이만 총총.

포근한 꿈 꾸소서.

가끔 신비로운 꿈을 꿉니다. 청룡이나 인어, 돼지꿈을 요. 그런 꿈을 꾸고 나면 기분도 좋지만, 현실에서 즐거운 일이 생기기도 했어요. 시험에 합격하거나 계약서에 사인하는 식으로요. 그러다 보니 꿈을 팔라는 얘기도 듣고, 해몽 책도 읽게 되었습니다. 6년 전에는 종로 영풍문고의 지하 스타벅스에서 길몽을 파는 사람들에 대한 소설을 끄적이기 시작했어요. 그게 이 《옥토》였지요.

그때부터 《옥토》와 함께했습니다. 휴대폰을 잃어버린 김에 석 달간 고요히 《옥토》만 쓰던 여름이 있었고, 《옥토》가 어렵게 느껴져 다른 책들부터 출간하기도 했네요. 2년 전에는 초고를 완성해두곤 회사가 바빠져 손을 못 대기도 했어요. 그땐 퇴근길에 달을 보며 달샘을 떠올렸습니다. 구름처럼 둥실거리는 이야기가 손에 잡히는 책으로 굳어질 수 있을까 싶더군요.

글을 다듬는 동안에는 무언가를 곰곰이 바라보는 눈빛, 상황을 받아들이는 수용성, 낡은 것의 아름다움에 관해 생각했습니다.

그런 시간을 지나 무형의 이야기가 유형의 책으로 거듭났어요. 이 짜릿한 변신에 함께해주신 폴앤나 김서령 대표님에게 감사합니다. 더불어 일을 소중히 대하는 마음을 물려주신 아버지, 술잔 기울이며 반짝이는 대화를 나눌 수 있는 엄마, 아침마다 기도해주는 고마운 오빠, 매일 활짝 웃게 해주는 싱그러운 남편에게 감사의 윙크를 보냅니다. 신께도 감사드려요.

마지막으로 독자님들, 저는 마냥 신기합니다. 재미난 게 넘쳐나는 세상에서 《옥토》를 펼쳐주셔서요. 감사합니다. 복을 빚는 토끼, 옥토가 푹신한 시간을 드릴 수 있으면 좋겠어요.

하루하루 자신의 일을 하는 달샘처럼 저도 하루하루 이야기를 빚어나가겠습니다.

2021년 뭉게구름이 탐스러운 날, 규영 드림

규영

어른을 위한 그림책을 만들고 소설을 쓴다. 이화여대에서 디자인을 공부한 후 온라인
마케터로 일하다가, 아무래도 책이 좋아서 1인 출판사 디노북스를 만들고 글과 그림
작업을 시작했다. 그림책 《당신의 열두 달은 어떤가요》, 《희망을 버려요》, 《땡스 파파》
와 장편소설 《백 번의 소개팅과 다섯 번의 퇴사》, 《빨강 없는 세상》 등을 출간했다.
@dinobooks.official

폴앤니나 소설 시리즈 006

옥토

ⓒ규영 2021

초판 1쇄 발행	2021년 10월 15일
초판 3쇄 발행	2022년 6월 17일

지은이	규영
펴낸이	김서령
책임편집	이진
편집	오윤지
디자인	이신애
제작	최지환
제작처	영신사

펴낸곳	폴앤니나
출판등록	2018년 3월 14일 제2018-09호
주소	12777 경기 광주시 순암로36번길 87
전화	070-7782-8078
팩스	031-624-8078
대표메일	titatita74@naver.com
홈페이지	www.paulandnina.com
인스타그램	@titatita74

ISBN	979-11-91816-11-2 03810